無敵名

무적명

3

백준 신무협 장편소설

ORIENTAL FANTASYSTORY & ADVENTURE

dream
books
드림북스

무적명 3

초판 1쇄 인쇄 / 2011년 5월 30일
초판 1쇄 발행 / 2011년 6월 10일

지은이 / 백준

발행인 / 오영배
편집장 / 허경란
편집 / 신동철, 문보람, 오미정, 윤상현
본문 디자인 / 신경선
펴낸 곳 / (주)삼양출판사 · 드림북스

주소 / 서울특별시 강북구 송천동 322-10호
대표 전화 / 02-980-2112 팩스 / 02-983-0660
편집부 전화 / 02-980-2116 팩스 / 02-983-8201
블로그 / blog.naver.com/dreambookss

등록번호 / 제9-00046호
등록일자 / 1999년 3월 11일

목차

제1장

물속에 잠들다

무공을 수련하는 내게 가장 중요한 것은 무엇일까?

스승님은 그것을 희로애락(喜怒哀樂)이라 하셨다. 희로애락을 느껴야 되는 것이 아니라 억제해야 한다 하셨다.

감정은 냉정한 판단을 내릴 때 늘 방해 요소였기 때문이다. 감정은 그냥 감정 그 자체로 느껴야 한다. 그 순간 느끼면 그만인 것이다. 그 이후는 늘 냉정해야 한다 하셨다. 그래야 냉정한 판단을 내릴 수 있고 옳은 길을 갈 수 있다 하셨다.

그런데 사람이…… 어떻게 그렇게 살 수 있을까?

희로애락이야말로 내가 사람이라는 것을 알게 해주는 감정이었다.

달빛을 받으며 서 있던 장권호는 생각을 접고는 방 안으로 들어갔다.

방 안은 어두웠고, 모두가 잠든 밤이라 그런지 움직이는 그림자조차 없었다. 물론 장권호 혼자 지내는 곳이기 때문에 그를 제외하고 움직이는 사람이 있다면 그것이 더 이상한 일일 것이다.

장권호는 의자에 앉으며 탁자 위에 올려진 술병을 들었다. 그리곤 입을 열었다.

"오늘도 왔군."

검은 그림자 하나가 흐릿하게 움직이더니 곧 장권호의 앞에 모습을 보였다. 백색 가면의 여인은 여전히 괴이한 분위기를 흘리고 있었다.

장권호는 술잔을 내밀었다.

"받아."

그 모습을 잠시 쳐다보던 백귀는 눈을 반짝이다 곧 장권호의 앞에 앉았다. 그녀는 손을 내밀어 술잔을 받았다.

또르륵!

술이 술잔에 떨어지는 소리가 귀를 맑게 해주는 것 같았다.

백귀는 잠시 술잔을 가득 채운 향긋한 냄새를 음미했다.

"혼자 몰래 마신 적은 있는데……."

백귀의 낮은 목소리가 가면 안에서 흘러나왔다.

"그 술은 맛이 별로였겠군."

장권호가 말하자 백귀는 고개를 끄덕였다.

혼자 마시는 술은 맛으로 먹는 술이 아니다. 또한 술을 맛으로 먹을 때 결코 혼자 먹는 경우도 없었다.

"그랬던 것 같군요."

백귀는 중얼거리더니 곧 술을 마셨다.

그 모습을 본 장권호도 술을 마신 후 잔을 내려놓았다.

"혼자 마시는 것보다 확실히 맛이 좋군요."

"술은 확실히 그렇지."

장권호가 고개를 끄덕였다. 그러자 백귀가 눈을 반짝이며 물었다.

"장 소협도 혼자 술을 마시는 사람인가 보군요."

"가끔."

장권호는 부정하지 않고 고개를 끄덕였다.

장백파에서 사형들 몰래 혼자 마신 적이 많았기 때문이다.

백귀가 말했다.

"누군가와 이렇게 술을 마셔보긴 처음이에요."

"이거 영광이군."

장권호가 슬쩍 미소를 보이자 백귀가 눈을 반짝였다. 장권호의 말 때문이다. 기분이 좋다고 해야 할까? 백귀는 조금 즐겁다는 생각이 들었다.

"그런데 아직도 이곳에 있다니…… 위험하지 않을까?"

"귀문의 어떤 사람들보다도 이곳에 대해 잘 아는 저예요. 위험하다면 오지도 않았어요."

그녀의 말에 장권호는 백귀에 대해, 아니 서영아에 대해 다시 한 번 생각했다.

"귀문주에게 저의 존재를 말하지는 않았겠지요?"

"말할 것이라 생각했다면 내게 모습을 보이지도 않았겠지."

"보인 게 아니라 들킨 것이에요. 당신…… 장 소협은 어떤 사람이지요?"

서영아가 정말 궁금하다는 듯 장권호를 바라보았다. 지금까지 자신의 존재를 먼저 알아챈 사람은 없었다. 도대체 장권호는 어느 정도의 능력을 가졌을까? 서영아는 궁금할 수밖에 없었다. 자신은 도저히 덤빌 엄두가 안 났다.

"나도 나를 모르는데 말을 할 수 있겠나?"

장권호가 미소를 보이자 서영아가 다시 말했다.

"장 소협에 대해 호기심이 생기는 것은 사실이에요. 그러니…… 전에 제가 말한 것처럼 조심하세요. 이곳은 귀문이에요. 귀문주는 절대 아무런 이유 없이 호의를 베풀 사람이 아니니까요."

"그건 누구나 마찬가지겠지. 잘 알았어."

장권호가 대답하자 서영아는 술병을 들어 술을 따랐다.

"아직 이곳에 있는 것으로 보아 목적을 이루지는 못한 모양이야?"

그 말에 술을 따르던 서영아가 잠시 멈칫했다. 그러다 이내 다시 술을 따른 후 말했다.

"목적이라……."

"아무런 목적도 없이 이곳에 들어왔을 리는 없지 않나?"

"물론 목적이 있지요."

서영아는 부정하지 않으며 곧 천천히 다시 말했다.

"자신이 키우던 개에게 물린다면…… 상당히 아프겠지요?"

장권호는 그 말에 침묵했다. 그녀의 말이 어떤 뜻인지 대충 짐작되었기 때문이다. 서영아의 말속에 담긴 깊은 살심이 전해져 왔다.

'원한이라…….'

뼛속까지 서린 원한이란 것이 있다면 눈앞에 앉아 있는 서영아의 가슴에 담겨진 것일지도 모른다는 생각이 들었다.

"아무리 등잔 밑이 어둡다지만 언젠가는 들킬 것인데 대담하군. 그런데 목적을 이루면 떠날 건가?"

"물론 그럴 생각이에요."

"그 목적이 설마 살인은 아니겠지?"

"글쎄요."

서영아는 조금 망설이는 듯 입술을 움직이다 조용히 다시 말했다.

"제가 왜 이곳에 왔는지 궁금하지는 않나요?"

"궁금하지."

"그런데 왜 안 물어요?"

"말해줄 테니까."

장권호의 말에 서영아는 눈을 반짝였다.

조금 이상한 사람이란 생각이 문득 들었다. 지금까지 자신이 만난 사람들 중에 이런 남자는 없었다.

"제가 먹었던 독(毒)의 해약을 찾고 있어요. 아니, 정확히 말하면 해약을 제조할 수 있는 제조법이겠지요."

"독?"

서영아가 고개를 끄덕였다.

"이곳에서 무공을 배우고 자랐어요. 제게 무공을 가르쳐준 사람은 귀문주였고, 또 한 사람…… 현 수정궁의 궁주예요. 그 두 사람에게서 무공을 배웠지만 어릴 때부터 어떤 독에 중독된 상태로 살아야 했어요. 그게 무엇인지, 어떻게 중독이 되었는지 아무것도 몰라요. 단지 한 달에 한 번씩 해약을 먹어야 했고 먹지 못하면…… 죽는다는 것만 알고 있어요."

장권호가 그 말에 눈살을 살짝 찌푸렸다. 서영아의 말이 사실이라면 귀문주는 썩 좋은 사람이 아니기 때문이다.

"어떤 독인지도 모르는데 중독이 되었다라…… 그런데 중독된 것은 어떻게 알게 되었지?"

"어느 날 무공을 수련하다 알게 되었어요. 혈관이 터지고 코에서 피가 흘렀지요. 그리곤 머리가 어지러워지더니 곧 쓰러졌는데 해약을 먹어서야 일어설 수 있었어요."

"주화입마와 비슷한 증상이군."

"주화입마에 빠졌다면 무공을 어느 정도 잃었어야 해요. 아니면 폐인이 되었거나. 하지만 저는 해약을 먹자 바로 일어설 수 있었지요. 주화입마는 아니에요."

서영아의 말에 장권호는 고개를 끄덕였다.

"이상한 독이로군. 지금도 한 달에 한 번씩 그런 일이 있나?"

서영아가 그 말에 고개를 끄덕였다.

"그 해약을 구해야 해요. 그래야 제가 살아요."

"그래서 이곳에 있는 것이로군, 제조법을 찾기 위해서."

"그래요. 해약은 거의 귀문주가 주었으니까요. 분명 어딘가에 조제하는 방법이나 조제할 수 있는 사람이 있을 거예요. 그리고 어떤 독인지…… 그때야 알게 되겠지요."

서영아는 눈을 빛내며 차갑게 중얼거렸다.

"악독하군."

낮은 목소리로 장권호가 말하자 서영아가 빠르게 대답했다.

"그런 사람들이 당신에게 관심을 가지고 있어요. 저도 그 이유가 너무 궁금해서 알아보는 중이에요. 왜 이놈들은 장 소협에게 이렇게 잘 대해주는 것일까? 그게 너무 궁금해요. 지금까지 그런 경우를 본 적이 없거든요. 무엇보다 놀라운 건 귀문주가 자신의 딸까지도 주려 한다는 점이에요.”

서영아는 마지막 말에 힘을 주었다. 장권호가 그 말에 미소를 보였다. 자신도 대충 파악했기 때문이다.

곧 마지막 남은 술을 모두 비운 서영아가 술잔을 내려놓으며 말했다.

“이만 자야겠어요. 그리고 다음에 술을 마실 때는 안주를 좀 준비하세요. 그게 조금 아쉽군요.”

“후후, 그렇게 하지.”

장권호가 웃음을 흘리자 곧 서영아의 신형이 소리 없이 사라졌다.

장권호는 그녀의 기척이 삽시간에 사라지자 그 귀신같은 은신술에 감탄했다.

‘귀문주도 귀찮겠어.’

장권호는 속으로 중얼거리며 침상으로 향했다.

*   *   *

쿵! 쿵!

큰 동작으로 뒤로 물러선 공손의는 굳은 표정으로 바닥을 바라보았다. 발목까지 들어갈 만큼 깊게 패인 땅바닥의 모습에 그의 안색이 바뀌었다.

무공에 자신이 있는 그였다. 자신을 이렇게까지 밀어낼 정도의 내력을 지닌 인물은 드물다.

그는 자신의 앞을 가로막고 서 있는 반백의 노인을 쳐다보았다.

"누구시오?"

공손의의 물음에 노인은 보기 좋은 눈웃음을 보이며 대답했다.

"그냥 이 근방에 사는 노인이라네."

"이 근방에 무공을 익힌 노인은 없을 터인데…… 더욱이 귀문의 일에 끼어들 정도로 간이 부은 노인은 더더욱 없소이다."

공손의가 말끝을 흐리며 살기를 보이자 노인이 다시 말했다.

"귀문의 일에 관여할 생각은 없네. 내 보기엔 오히려 자네가 끼어든 것 같군."

노인의 말에 공손의는 어이없다는 표정으로 노인을 노려보았다.

그때 노인의 옆으로 젊은 청년 한 명이 다가왔다.

"모두 산 밑으로 내려보냈습니다."

"그래, 잘했구나."

노인은 고개를 끄덕이다 공손의를 바라보며 말했다.

"자네와 함께 왔던 친구들은 모두 산 밑에 있는 모양이네. 자네도 내려가는 게 어떤가? 더 이상 이곳에 있어 봐야 무슨 좋은 일이 있겠나?"

"그게 무슨 개소리지?"

공손의가 한 발 다가오자 노인이 다시 말했다.

"이곳은 화산이네."

"……!"

공손의가 그 말에 눈을 부릅뜨며 매우 놀란 표정을 보였다. 그제야 주변 환경이 눈에 들어온 그는 저 멀리 깎아놓은 듯한 산봉우리들이 보이자 안색을 바꾸었다.

'이런 망할 쥐새끼 같은 놈들……'

공손의는 이빨을 깨물다 곧 노인을 향해 말했다.

"실례를 했소이다. 오늘 일은 없었던 것으로 해주셨으면 감사하겠소."

"알겠네."

노인의 간단한 대답에 공손의는 신형을 돌렸다.

공손의가 내려가자 노인은 수염을 쓰다듬으며 천천히 산으로 오르기 시작했다. 그 옆으로 청년이 따랐다.

"부상자들은?"

"일단 운현원(雲玄院)에서 쉬게 했습니다."

"잘했다. 일어나면 알리거라."

"예."

*　　　*　　　*

아침이 되면 여지없이 추소령이 나타났다.

그녀의 얼굴을 보는 것이 하루의 시작이었다.

그렇게 생활한 지 보름이 지나자 장권호는 귀문에서의 생활이 익숙해지는 듯했다.

마치 장백산에서 사매의 얼굴을 보고 시작하는 하루와 비슷하다고 느꼈다.

"잘 주무셨어요?"

이제는 익숙한 추소령의 인사에 장권호는 미소로 화답했다.

"물론이오. 덕분에 잘 잔 것 같소. 이제는 이곳 생활도 꽤 익숙해진 것 같은 기분이오."

장권호의 대답에 추소령은 기분 좋은 표정을 보였다.

"익숙해지셨다니 다행이네요. 이곳 생활도 그리 나쁘지는 않을 거예요. 장 소협이 살았던 장백산이 어떤 곳인지는 모르나 여기도 좋은 곳이에요."

"좋은 곳이오. 더욱이 추 소저가 있으니 더욱 좋은 것 같소."

듣기 좋은 장권호의 말에 추소령은 기분이 더욱 좋아졌다.

"오늘 오후에는 무엇을 할 생각이세요?"

추소령의 물음에 장권호는 생각난 표정으로 대답했다.

"오후에는 문주님께서 잠시 보자고 하셔서 만나 뵈려고 하오."

"그 이후에나 시간이 있겠군요."

장권호가 대답 대신 미소를 보이자 추소령이 다시 말했다.

"그럼 저녁은 같이 먹어도 되겠네요."

"물론이오."

장권호는 거절하지 않았다. 그러자 추소령은 기분 좋은 표정으로 다시 말했다.

"그럼 저녁에 뵙기로 해요."

"알겠소."

서재로 들어오는 장권호의 모습을 본 귀문주 추야장은 자리를 권했다.

"특별히 불편한 점은 없는가?"

"없습니다."

마주 앉은 장권호의 대답에 추야장은 만족한 듯 미소를 보였다.

"장검명에 대해서 다시 한 번 알아보았지."

장권호가 그 말에 눈을 반짝였다.

장권호가 이곳에 머무는 이유는 장검명 때문이다. 추야장도 그것을 잘 알고 있었다.

"감숙에 가면 미주(美洲)라는 곳이 있는데, 그곳에서 몇 달 살았던 모양이야. 누구하고 살았는지, 왜 그곳에서 그렇게 오래 있었는지 그 이유를 알기 위해 사람을 보내놓았으니 조금 기다려 보게. 좋은 단서가 나올지도 모르니까."

추야장의 설명에 장권호는 고개를 끄덕였다. 추야장은 곧 헛기침을 한 번 하더니 진중한 표정으로 입을 열었다.

"요즘 내 딸과 잘 지낸다고 들었네. 자네가 보기에는 어떤 가?"

화제를 바꾸는 추야장이었다.

"상당히 여성스러우면서도 멋진 분입니다. 이해심도 많고 또한 자존심도 있으시니 어디 하나 빠질 게 없는 분 같습니다."

"자네의 과분한 칭찬에 기분이 매우 좋군그래."

추야장이 솔직하게 말했다. 자신의 딸을 칭찬하는데 기분 나쁠 부모는 어디에도 없었다.

추야장은 그러한 감정을 굳이 숨기는 사람이 아니었다.

"거기다 대단한 미인이시니…… 문주님께서도 고민이 많으시겠습니다."

"하하하! 미인이지…… 암! 그런데 고민이라니?"

"시집갈 때 힘들지 않겠습니까? 심장이 떨어져 나갈 것 같은 기분일 테니 말입니다."

"하긴…… 자네 말처럼 그런 기분을 느끼겠지. 요즘도 사실…… 사내들하고 있는 모습을 보면 왠지 기분이 나쁘다네. 이게 아비 마음인가 보네."

추야장의 말에 장권호는 미소를 보였다.

"저하고 있을 때도 기분이 나쁘시겠군요."

"아니, 아니야. 자네하고 있을 때는 그렇지 않네. 어차피 내가 허락한 일이 아닌가? 내 허락도 없이 내 딸과 있는 놈들이 기분 나쁠 뿐이네."

"감사합니다."

장권호가 인사하자 추야장은 손을 저었다.

"자네처럼 뛰어난 실력을 지닌 자라면 내가 믿고 딸을 맡길 수 있을 것 같네."

"과찬이십니다."

추야장이 은근슬쩍 자신의 본심을 이야기하자 장권호는 미소로 대답했다.

추야장도 그러한 것을 알기에 눈을 빛냈다.

'나이에 맞지 않게 냉정한 놈이로군. 사내자식이 밀어붙이는 면도 있어야지…… 쯧! 그거 하나는 단점이로군.'

추야장은 속으로 생각하며 다시 말했다.

"내일은 소령과 한번 밖에 나가보는 게 어떤가? 어제 소령이 와서 외출하고 싶다고 그러더군. 뭐, 믿을 만한 사람들이야 있지만 이왕이면 자네가 가는 게 어떤가 해서 말이네."

"제가 말입니까?"

"물론이네. 그동안 이곳에서 공짜 밥을 먹지 않았나? 이제 밥값을 해야지 않겠나?"

추야장의 말에 반박할 말이 없던 장권호는 대답했다.

"알겠습니다. 그 정도의 일로 공짜 밥을 먹게 해주신다면 당연히 해야지요."

장권호가 흔쾌히 승낙하자 추야장은 기분 좋은 표정을 보였다. 둘이 함께 있다 보면 정이 쌓일 것이라고 생각했기 때문이다.

"장검명에 대해 조금이라도 자네에게 도움 되는 소식이 빨리 나왔으면 좋겠네. 기다려 보게나."

"예."

장권호의 대답에 추야장은 고개를 끄덕였다. 그때 밖에서 손님이 왔다는 소리가 들렸다. 장권호는 곧 추야장에게 인사를 한 후 밖으로 나갔다.

밖으로 나간 장권호는 걸어오는 세 사람과 마주했다. 모두 이십 대 초중반의 젊은이들로 이남일녀였다.

그들은 걸어오면서 날카로운 기도를 보이고 있었다. 마치 가시처럼 따가운 기운이었다.

추야장은 들어오는 이남일녀를 반갑게 맞이했다.

"어서들 오게나. 앉지."

"예."

젊은 세 사람은 인사를 한 후 자리에 앉았다. 그들은 추야장과 모두 안면이 있는 사이처럼 보였다.

"오랜만에 뵙습니다, 어르신."

가장 우측에 앉은, 나이가 제일 많아 보이는 청년의 말에
추야장이 미소를 보였다.

"반갑구면. 가주는 잘 계신가?"

"물론입니다."

그의 대답에 추야장은 다시 말했다.

"준비해 달라는 것은 가지고 왔나?"

"예."

청년은 옆에 앉은 이십 대 초반의 여자에게 눈짓을 보냈
다. 그러자 분홍빛 옷을 입은 여인이 소매에서 작은 함을 꺼
내 내밀었다.

"반년 동안 만든 것입니다. 한 방울이면 족히 백 명은 죽일
수 있다 하셨습니다."

"고맙군."

그녀의 눈빛이 차갑게 변했다.

"물론…… 해약은 없습니다."

"좋군."

추야장은 만족한 얼굴로 함을 받아 자신의 앞에 놓았다.

"당가에서 말하는 물건이니 확실하겠지."

"가주님께선 혹시라도 문주님께서 의심하신다면 두 번 다
시 만나지 말자는 말씀을 전하라 하셨습니다."

"하하하하!"

추야장이 그 말에 크게 웃었다.

"이거 한 방 먹었군그래. 너무 친해져도 문제라니까……
성격을 잘 아니 말일세."

추야장은 세 사람을 둘러보며 말했다.

"이곳까지 오느라 피곤했을 테니 며칠 푹 쉬다가 돌아가게
나."

"예."

"문주님의 배려에 감사합니다."

추야장의 손짓에 세 사람은 자리에서 일어나 밖으로 나갔
다.

추야장은 서재에 혼자 남자 함을 쳐다보며 안색을 바꾸었다.

'이걸 잘 써야겠지…….'

추야장의 입가에 미소가 그려졌다.

사천당가에서 온 손님들은 장권호가 머물고 있는 숙소에
서 좀 떨어진 유화원으로 안내되었다.

유화원에 안내되어 들어간 삼 인은 대충 짐을 정리하고 내
실에 모여 앉았다.

"이렇게 큰 문파에서 그런 절독이 왜 필요한지 이유를 모
르겠어요."

가장 먼저 앉은 당지가 말했다. 그녀는 조금 날카로운 눈
매를 지니고 있었다. 그 옆에 앉은 조금 호방하게 생긴 당호
가 당지의 말에 미소를 보였다.

"큰 문파라 해도 비밀은 있는 법이야. 굳이 알려 하지 말라고."

당호의 목소리가 좀 크게 울렸다. 그의 목소리는 다른 사람에 비해 조금 컸다. 그것을 잘 아는 그였고, 곧 이들을 이끌고 온 당위가 입을 열었다. 그는 안색이 창백했으며 작은 실눈이 특징이었다. 눈을 거의 뜨지 않은 것처럼 보이는 그는 늘 웃고 있는 듯했다.

"누이는 호기심이 많은 모양이야? 하지만 호아의 말처럼 깊게 알 필요는 없어. 이런 일에 깊게 관여할수록 당가에 이득 될 일은 없어."

당위의 말에 당지가 고개를 끄덕였다.

"알았어요. 오라버니들이 그렇게 말한다면 관심을 끊어야지요. 그건 그렇고, 이곳까지 왔는데 친구 좀 만나야겠어요. 오랜만에 놀러 왔는데 얼굴도 안 보고 가면 서운해하지 않겠어요?"

"추 소저를 말하는 것이로군."

당호가 상당히 관심 있는 표정으로 말하자 당지가 고개를 끄덕였다. 이곳에서 그녀의 친구라곤 추소령밖에 없었기 때문이다.

"큰형님의 안부도 전해줘야 한다."

당위가 말하자 당호가 안색을 바꾸며 말했다.

"참내, 큰형님도…… 아니, 왜 하고많은 여자 중에 귀문의 여자를 좋아하는지…… 쯧!"

"어디의 여자든 무슨 상관이야? 좋으면 그만이지."

당위가 눈웃음을 보이며 말하자 당호가 다시 말했다.

"아니, 형님은 신경도 안 쓰인단 말이오? 당가의 안주인이 귀문의 여자가 되면 과연 좋겠소?"

"나는 상관없어. 어차피 연결될 사이도 아니야."

당위가 잘라 말하자 당호는 입을 닫았다. 당위의 말처럼 아무리 둘이 서로 좋아하는 사이가 된다 해도 절대 이루어질 수 없는 관계였다. 또한 지금은 그저 한쪽이 짝사랑할 뿐이었다.

"거기다 추 소저는 처음부터 우리 형님에게 관심조차 없었어."

"하긴……."

당호가 그 말에 고개를 끄덕였다. 추소령은 분명 당가의 사람들에게 관심이 없었다. 단지 당지의 친구이기 때문에 대화를 나눌 뿐이었다. 그걸 당호도 잘 알고 있었다.

"저는 그럼 가볼게요."

당지가 자리에서 일어서자 둘은 고개를 끄덕였다. 당지는 기분 좋은 표정으로 빠르게 밖으로 나갔다.

"본가에서도 저렇게 웃으면 좋을 텐데……."

당위가 당지의 모습을 바라보며 중얼거리자 당호가 조금 우울한 표정으로 입을 열었다.

"그러기가 어디 쉽겠소? 누이들과 누님들이 워낙에 사나우니……."

당호는 말을 하다 당위의 날카로운 기도에 입을 닫았다.

"직계가 아닌 것을 누굴 탓하나? 어차피 지아는 다른 곳으로 시집가야 해. 형제들을 욕하는 일은 삼가도록 하자."

"예, 형님."

당호는 당위가 형제들끼리 싸우고 욕하는 것을 매우 싫어한다는 사실을 잘 알고 있었다. 그렇기 때문에 현 가주에게 가장 총애를 받고 있는 사람 중 한 명이었다. 그러니 이런 심부름도 올 수 있는 것이다.

당지의 갑작스러운 방문에 추소령은 놀랄 수밖에 없었다. 아무런 연락도 없었기 때문이다.

둘은 한동안 신난 표정으로 서로의 지난 이야기를 늘어놓으며 수다를 떨었다. 그렇게 꽤 시간을 보내자 해가 어느새 서산으로 넘어가고 있었다.

"큰오라버니가 안부를 묻더라. 상당히 궁금한 모양이야."

"그래?"

당지가 생각난 표정으로 말하자 추소령은 조금 난처한 표정을 보였다.

"잘 지낸다고 전해 드려."

당지는 추소령이 부담스러워한다는 것을 모르지 않았다.

하지만 알릴 건 알려야 했다.

"이번에 같이 오려 했는데 급한 일이 생겨서 둘째 오라버니하고 오게 되었어."

"아…… 당위 소협."

추소령은 당위를 기억하는 듯 고개를 끄덕였다.

"같이 오는 동안 여기저기 구경도 했지만 역시 심심한 것은 어쩔 수가 없는 것 같애."

당지가 조금 고민스러운 표정을 보였다.

"왜? 나는 그래도 네가 부러운데……. 내가 나갈 수 있는 곳은 고작 서안 정도니까. 더 넓은 세상을 보고 싶은데 그럴 수가 없어."

"아버님 때문에?"

당지가 묻자 추소령은 고개를 끄덕였다.

아버지도 아버지지만 문제는 어머니였다. 홀로 외로이 갇혀 지내는 어머니를 두고 귀문을 나갈 수가 없었다. 그러나 그걸 굳이 입 밖으로 말하지는 않았다.

"그렇지…… 다음에 기회가 되면 당가에 한번 가보고 싶어. 사천도 구경하고 싶고."

"네가 온다면 내가 안내할게."

당지가 밝은 표정으로 말해주자 추소령도 고개를 끄덕였다. 그러다 그녀는 생각난 듯 말했다.

"아…… 저녁에 손님이 오기로 했는데…… 내 정신 좀 봐."

"손님?"

당지가 손님이란 말에 궁금한 표정을 보이자 추소령이 대답했다.

"아버님이 데려오신 손님인데…… 손이 좀 많이 가는 손님이야."

"손이 많이 간다니?"

"아버님이 나보고 직접 식사를 챙겨주라고 하셔서…… 참고달프다니까. 힘들고."

"어머! 정말? 상당히 궁금한데. 네 아버님이 신경 쓰는 손님이라…… 총각이지?"

추소령이 당지의 물음에 고개를 끄덕였다. 그러자 당지가 눈을 반짝였다.

"어떤 사람이야? 네가 직접 식사를 챙길 정도면 대단한 사람일 텐데?"

"그게…… 나도 자세히는 모르는데, 꽤 괜찮은 사람이야. 단지……."

"단지?"

"한족이 아니라 그렇지."

"아……."

당지가 그 말에 안색을 바꾸었다.

"오랑캐란 말이야?"

추소령이 고개를 끄덕였다. 한족을 제외하고는 모두 오랑캐였고 그렇게 부르기 때문이다.

"설마…… 오랑캐하고 혼인을 염두해 두시는 걸까? 네 아버님이 그 정도로 신경 쓰는 사람이라면…… 가능성이 없지는 않은 것 같은데?"

"나도 잘 모르겠어."

추소령이 살짝 아미를 찌푸렸다. 솔직히 말해 사람은 마음에 들지만 오랑캐라는 것이 마음에 걸렸기 때문이다.

"어디 사람인데? 강족?"

당지는 요즘 가장 큰 힘을 발휘하고 있는 강족인가 싶어 그렇게 물었다.

"고려인."

"……!"

고려인이란 말에 매우 놀란 표정으로 당지가 눈을 크게 떴다. 그녀는 곧 빠르게 말했다.

"요즘 궁에 고려인들이 꽤 있는 모양이야. 거기다 귀족들 사이에서도 고려 여자들을 노예로 삼는 게 유행이고. 생각보다 똑똑하다고 하더라. 시서화에도 능하고. 하지만 노예 민족하고 혼인이라니……."

말도 안 된다는 표정으로 당지가 말하자 추소령은 고개를 끄덕였다. 그녀도 자신의 아버지인 추야장이 뭔가 다른 목적이 있다고 생각했다. 하지만 장권호에게 마음이 흔들리는 것도 사실이었다.

"손님들이 오셨습니다."

그때 밖에 있던 시비가 말하자 추소령이 고개를 돌렸다.

"누군데?"

"이 공자와 당가의 손님들이십니다."

추소령은 그 말에 조금 놀란 표정을 보였다. 곧 그녀는 고개를 끄덕였다.

"들어오시라고 해."

"예."

시비의 대답 후 얼마 지나지 않아 안으로 이문성과 당위, 당호가 들어왔다.

"사매가 보고 싶어서 잠시 들렀는데 이렇게 오랜만에 보는 친구도 있어 함께 왔어. 결례가 아닌지 모르겠군."

"아니에요. 잘 오셨어요. 안 그래도 인사하러 갈 생각이었어요. 이렇게 오셨으니 함께 식사하지요."

"고맙군."

"갑자기 찾아와 미안하오."

이문성과 당위가 동시에 대답하자 추소령은 미소를 보였다.

추소령은 순간 장권호와의 약속을 잊어버렸다. 그들의 갑작스러운 등장과 장권호가 오랑캐라는 사실 때문이다.

고려인을 좋아할 사람은 이곳에 아무도 없었다.

길을 걷던 장권호는 잠시 걸음을 멈추었다. 담장 너머로 들려오는 사람들의 웃음소리 때문이다. 사내의 호방한 웃음소리와 여인의 고상한 웃음이 담장을 넘어왔다. 그 사이로 추소령의 웃음소리가 섞여 있음을 안 장권호는 잠시 고민했다.

다른 사람도 있는데 가야 할지 말아야 할지 고민한 것이다. 하지만 고민도 오래가지 않았다. 장권호는 신형을 돌려 자신의 거처로 향했다.

방 안에 들어가자 저녁 무렵부터 대담하게 서재를 서성이며 책을 보던 백귀가 있었다.

그녀는 고개를 돌려 장권호를 한 번 본 후 다시 책장을 뒤적였다.

장권호는 백귀의 가면을 볼 때마다 어깨가 움찔거렸다. 백귀의 주변에 흐르는 섬뜩한 예기 때문에 그런 것도 있지만, 기도 자체가 차가웠다. 거기다 긴 흑발을 아무렇지도 않게 늘어뜨린 모습과 입고 있는 백의가 더해져 기괴함을 연출했다.

"아직도 못 찾았나?"

장권호의 물음에 서영아는 책장을 뒤지며 고개를 끄덕였다. 그러다 조금 두꺼운 책을 꺼내 책장을 넘기며 말했다.

"이야기를 들어보니 당신은 한족이 아니더군요."

장권호는 자리에서 일어나 그녀 쪽으로 걸어갔다. 그의 발걸음 소리에 서영아는 옆으로 물러났다.

"볼 만한 책이라도 있나?"

"딱히 볼 거는 없지만 혹시나 하는 마음에 뒤지고 있어요. 그것보다 한족이 아니라던데, 사실인가 보네요."

"그래."

장권호는 미소를 보였다.

"어쩐지…… 조금 이질적인 기도가 있었어요."

"그런가?"

서영아는 고개를 끄덕였다. 그러자 장권호가 다시 말했다.

"그런데 나도 내가 어떤 사람인지 잘 모르겠어. 아주 어릴 때 장백산에 있었으니까. 내 부모가 누구인지도 몰라."

그 말에 서영아는 눈을 반짝였다. 의외라는 생각이 들었기 때문이다. 그리고 그가 장백산에 있었다는 말에 눈빛이 다시 한 번 번뜩였다.

"장백산…… 장백파…… 당신은 장백파의 사람인가요?"

"그래."

장권호는 고개를 끄덕였다. 그러다 시집을 하나 들고 자리로 돌아가 앉았다.

서영아가 책을 내려놓으며 말했다.

"장백파는 얼마 전 거의 괴멸된 것으로 아는데요. 문파가 사라졌다는 소문을 들었어요. 그런데 당신이 장백파의 사람이라니…… 의외인데요."

"장백파가 멸문했다는 소문을 누구에게 들었지?"

장권호의 물음에 서영아가 대답했다.

"저 같은 사람은 여러 가지 정보를 알게 돼요. 몇 달 전 이곳에 있을 때 들은 것이에요. 정확히는 총관인 장구조가 한 말이에요."

"그래? 중원은 생각보다 변방의 일에도 관심이 많군."

장권호가 살짝 안색을 바꾸자 서영아는 자신이 뭔가 실수한 게 있는지 생각했다.

"혹시 장백파와 관련해서 들은 이야기라도 있나?"

장권호의 물음에 서영아는 고개를 저었다.

"제가 아는 것은 그게 다예요. 변방의 문파 중 하나인 장백파가 사라졌다는 정도? 하루에도 수십 개의 문파가 사라지고 새로 생겨나는 게 중원이에요. 그 모든 정보를 다 알 수는 없잖아요? 그런데도 장백파에 대한 소문을 빠르게 접한 것은 장백파가 변방에서는 상당히 큰 문파였기 때문이에요. 큰 문파의 일은 신경 쓰이죠."

서영아는 대답한 후 다시 말했다.

"장백파의 일에 대해서 알아볼까요?"

그녀의 물음에 장권호의 표정이 굳어졌다.

서영아가 그 얼굴을 보자 눈웃음을 지었다. 장권호가 중원에 나온 이유를 알았기 때문이다.

"그래 주면 고맙지. 하지만 생명에 위협이 생긴다면 피해."

서영아가 그 말에 고개를 끄덕이다가 문득 생각난 듯 말했다.

"그런데 오랑캐라 불리는 당신이 잘도 이곳에서 이렇게 호의호식하네요. 아까 당가의 사람들이 왔는데 모두 오랑캐라 부르던데…… 아무렇지도 않나요? 소령이도 그렇게 부르고 있어요."

"그런가? 그들 입장에서는 당연히 그렇게 부르겠지."

장권호는 별로 특별한 일도 아니라는 듯 대답했다. 그러자 서영아가 말했다.

"기분 나쁘지 않은가요?"

"별로. 중원에 와서 꽤 들은 말이니까."

"당신이 아무리 강하고 명성이 높아도 중원은 당신을 인정하지 않아요. 오히려 죽이려 들겠지요. 아마…… 귀문주도 뚜렷한 목적이 있기 때문에 당신을 머물게 한 걸 거예요. 분명…… 호의만으로 잘해줄 인물은 아니에요. 저를 보면 알겠지만. 후후."

서영아는 낮게 웃음을 흘리더니 곧 모습을 감추었다.

그녀가 바람처럼 사라지자 장권호는 안색을 바꿨다. 누군가의 발소리가 들렸기 때문이다.

제2장

바람은 차갑다

処음 살인을 했을 때 그때가 십 년 전이었다.

첫 살인이기 때문에 그날의 기억은 생생하게 남아 있다.

세상은 흰색으로 변해 있었고 여전히 하늘에서는 눈이 내리고 있었다. 거친 숨소리가 주변에 울렸고 누운 상대는 건장한 체격의 사내였다. 사내는 힘없이 바닥에 널브러져 있었으며, 떨어지는 눈을 맞으며 천천히 식어갔다.

사람은 참 허무하게 죽는다고 생각했다. 너무 쉽게 죽어서 오히려 이상한 괴리감마저 들었다. 그리고 나도 모르게 희열을 느꼈다. 내가 강하다고 느꼈기 때문이다.

"화산이라고?"

"예."

공손의는 고개를 숙인 채 들지 못하였다. 귀문주의 얼굴이 험악하게 변했기 때문이다. 그의 기도가 조금씩 차갑게 변하고 안정을 찾자 공손의는 고개를 들었다.

"죄송합니다."

공손의의 대답에 추야장이 천천히 말했다.

"화산에서 내려올 때까지 기다렸다가 죽여. 언젠가는 내려올 테니까. 풍운회의 놈이 본 문에 발을 들여놓고 살아 돌아가는 일은 없어야 하네."

"알겠습니다."

"가봐."

추야장의 손짓에 공손의는 재빠르게 밖으로 나갔다. 오래 있어봤자 좋을 일이 없었기 때문이다.

추야장은 양초랑을 놓쳤다는 공손의의 말에 좋던 기분이 사라졌다. 양초랑이 문제가 아니라 자존심 문제였다.

이런저런 생각을 하고 있을 때 장구조가 안으로 들어왔다. 그는 상당히 난감한 표정을 지은 채 추야장의 앞에 앉았다.

장구조의 표정을 읽은 추야장이 먼저 물었다.

"무슨 문제라도 있는가?"

"그게…… 수정궁에서 연락이 왔는데…… 첫째 아가씨께서 궁을 몰래 빠져나가셨답니다."

"이런······ 흐음······."

추야장은 짧게 신음을 토하며 눈살을 찌푸렸다. 추소려는 분명 어딘가에서 사고를 칠 게 뻔하였다.

"수정궁은?"

"사람을 보내 찾는 중이라 합니다. 저희 쪽에도 협조를 요청해 왔습니다. 어떻게 할까요?"

추야장은 장구조의 물음에 잠시 생각하다 입을 열었다.

"수색조를 만들어서 보내. 수정궁과 긴밀히 연락을 취하라 하고······."

"알겠습니다."

"그리고 예하 문파들에게 협조를 요청해서 정보를 얻어. 최대한 빨리 찾아야 하네."

"그렇게 하겠습니다."

장구조가 굳은 표정으로 대답하자 추야장이 다시 입을 열었다.

"그리고 알아보라는 것은 어떻게 됐나?"

"예. 확실히 무적명은 장백파를 멸문시켰습니다. 그리고 장백파의 장서각에 있는 모든 서책을 가져간 모양입니다."

"그랬군."

추야장이 그 말에 눈을 반짝였다. 그는 천천히 고개를 끄덕이며 장구조를 쳐다보았다.

"그 속에 구전경(九戰經)은 없었지?"

"물론입니다."

"음…… 예상대로군."

추야장은 침중한 표정으로 중얼거렸다. 장구조가 다시 말했다.

"그가 구전경에 대해서 과연 알고 있을지 의문입니다."

"흐음…… 좀 더 생각을 해보자고."

"예."

장구조가 대답 후에 일어나 밖으로 나가자 추야장은 홀로 남은 자리에서 한참 동안 창밖을 쳐다보았다.

추야장은 어느 순간 안색을 굳히며 손에 들고 있던 찻잔을 밖으로 던졌다.

퍽!

오 장 가까이 날아간 찻잔이 나무에 부딪쳐 산산이 흩어졌다.

스륵!

그 밑에 모습을 보인 추야장은 떨어진 나방의 시체를 보곤 입맛을 다셨다.

"하긴…… 숨어들 놈이 없지."

추야장은 괜한 힘만 소비했다는 표정으로 다시 서재로 걸어갔다.

스륵!

방으로 들어온 서영아는 조심스럽게 방 안 한쪽 구석으로 다가가 앉았다. 이곳은 장권호가 머무는 곳이었고, 귀문에서 자신이 머물 수 있는 가장 안전한 장소였다.

특별한 감시가 없으면서도 사람이 찾지 않는 곳…… 그러한 안심이 이곳으로 오게 만들었다. 그녀는 어깨를 살짝 떨면서 고개를 숙였다.

방 안을 잠시 둘러본 그녀는 아무도 없다는 것을 다시 한 번 확인한 후 가면을 벗어 옆에 놓고는 고개를 무릎 사이에 묻었다.

"소려가 수정궁을 나갔다고? 수정궁을 나갔다……."

그녀는 연신 같은 소리만을 반복적으로 중얼거렸다.

좀 전에 우연치 않게 귀문주와 장구조의 대화를 들었기 때문이다.

뚜벅! 뚜벅!

발자국 소리가 들리자 서영아는 재빨리 어둠 속으로 숨었다.

본능적인 행동이었고 은밀한 움직임이었다.

운기와 가벼운 운동을 끝내고 방으로 들어온 장권호는 잠시 방 안을 살피다 입가에 미소를 그리며 말했다.

"놓고 간 게 있는데 내가 가진다?"

장권호의 말에 벽의 한쪽 구석에서 손이 하나 튀어나오더니 가면만 살짝 잡고 벽 속으로 사라졌다.

어떻게 보면 상당히 귀기스럽고 신기한 일이지만 또 다르게 보면 상당히 재미있고 우스운 행동처럼 보였다.

벽에서 손이 튀어나오는 일은 분명 놀랍지만 그걸 보는 장권호에겐 단지 귀여운 행동으로 보일 뿐이었다.

"하하하!"

장권호는 그 행동에 소리 내어 웃었다.

오랜만에 웃는 거라 조금 어색하기도 했지만 상당히 호탕한 웃음이었다.

"나중에 그 은신술 좀 가르쳐줘. 배우고 싶다."

벽 속에서는 소리가 들리지 않았다.

잠시 벽면을 보던 장권호는 곧 갈아입을 옷을 집어 들고 우물로 향했다.

쏴아아!

우물에서 땀을 씻던 장권호는 다가오는 발걸음 소리에 고개를 돌렸다. 그러자 놀란 표정으로 추소령이 얼굴을 양손으로 가렸다.

"어머! 죄송해요."

추소령은 말을 한 후 재빠르게 신형을 돌렸다. 장권호가 상의를 벗고 있었기 때문이다.

"어제 안 와서…… 궁금해서 와봤어요."

추소령은 말을 하며 얼굴을 붉혔다.

장권호는 대답 없이 옷을 입었다.

"어제는 왜 안 왔어요? 기다렸는데."

"갔었소. 친구들이 있는 것 같아 그냥 온 것이오."

백의를 입은 장권호가 추소령을 지나 걸음을 옮기자 그 뒤를 추소령이 따랐다.

조금 어색한 분위기로 자리에 앉은 추소령은 여전히 얼굴을 붉히고 있었다.

"친구들은 잘 만났소?"

"네…… 당가의 사람들인데 갑자기 찾아와서 조금 놀랐지만요."

추소령의 말에 장권호는 당가라는 말에 호기심이 생겼지만 묻지는 않았다.

그녀는 장권호의 표정을 살피다 다시 말했다.

"화난 거예요? 어제 그렇게 돌아가서?"

"음…… 화가 안 난다고 하면 좀 그렇고, 화가 났다고 하기에도 어떤지 잘 모르겠고…… 음, 솔직히 잘 모른다고 해야 할 것 같소."

"그런 말이 어디에 있어요? 화가 나면 난 거고 안 나면 안난 거지."

추소령의 말에 장권호가 안색을 바꾸며 말했다.

"화가 났소."

그 말에 추소령은 고개를 숙이며 대답했다.

"죄송해요. 갑작스럽게 방문한 거라 저도 어쩔 수가 없었어요."

"이해하오."

"오늘 저녁은 어떠세요?"

추소령의 물음에 장권호는 고개를 끄덕였다.

"알겠소."

"그럼 기다릴게요."

추소령이 대답한 후 기분 좋은 표정으로 일어났다.

그녀가 나가자 장권호는 짧게 숨을 내쉬며 자리에서 일어섰다. 그러다 또 다른 사람의 발걸음 소리에 살짝 눈살을 찌푸렸다.

곧 처음 보는 사내가 장권호에게 인사했다.

"처음 뵙겠소. 이문성이라 하오."

"장권호라 하오."

장권호가 대답하자 이문성은 장권호의 전신을 살피더니 입을 열었다.

"싸웁시다."

그의 뜬금없는 말에 장권호는 다시 한 번 눈살을 찌푸렸다. 처음 보는 사내가 다짜고짜 싸우자고 하니 기분이 나쁠 수밖에 없었다.

하지만 장권호는 고개를 끄덕였다.

"그럽시다."

장권호가 승낙하자 이문성은 먼저 밖으로 나갔다. 장권호는 검을 손에 들고 따라 나갔다.

휙! 휙!

검을 들고 몇 바퀴 돌리던 장권호는 곧 삼 장 앞에 서 있는 이문성을 쳐다보았다.

이문성은 이미 준비를 모두 갖춘 표정으로 검을 장권호에게 겨누고 있었다. 그의 투기가 상당히 크게 일어나고 있었다.

"나는 후 사형과는 다른 사람이오."

"그게 누구요?"

장권호가 궁금하다는 듯 묻자 이문성은 자신을 안중에도 안 두고 있는 듯한 그의 모습에 안색을 굳혔다.

"당신이 이곳에 오기 전 쓰러뜨린 철마대의 대주요."

"철마대? 미안하지만 난 그런 사람 모르오."

장권호가 정말 모른다는 표정을 짓자 이문성은 가만히 고개를 끄덕였다. 생각해 보니 특별하게 귀문에 대해 알려줄 필요가 없었기 때문이다.

"한 수 부탁드리오."

"먼저 오시오."

장권호의 대답에 이문성은 거절하지 않았다.

쉭!

그의 신형이 빠르게 땅을 차며 섬전처럼 십여 개의 섬광만을 남기고 사라졌다.

장권호는 이미 귀문주의 비선검법을 보았기 때문에 그 변화를 대충은 읽을 수 있었다. 또한 추소령의 비선검법 역시 보았기에 이문성의 비선검법이 눈에 익었다.

따다당!

"……!"

장권호는 몇 번 검을 막아내다 손을 타고 흐르는 강렬한 진기의 힘에 반보 물러섰다.

쉭!

검의 잔상 사이로 진검 하나가 튀어나와 목을 찌르자 장권호는 옆으로 신형을 돌리며 물러섰다.

휘리릭!

장권호가 물러서자 신형을 돌리며 이 장 정도의 거리에 마주 선 이문성은 표정을 굳혔다. 자신의 검이 쉽게 막혔기 때문이다.

"이번엔 내가 가지."

장권호가 이번에는 먼저 말하고 빠르게 움직였다. 그의 신형이 순식간에 이문성의 면전으로 다가가 목을 베었다.

이문성은 그의 일초에 신형을 돌려 검날을 피한 후, 장권호의 하체를 향해 연속 세 번 찔러갔다. 양 무릎과 배꼽을 노린 한 수였다.

이문성은 자신의 정확한 초식에 장권호가 물러날 거라 확신했다. 물러나거나 피하는 순간 다음 초식으로 끝장을 내려는 생각으로 어깨에 힘을 주었다.

그때 무언가 눈앞에서 번뜩이는 것이 보였다.

"……?"

퍽!

"크악!"

우당탕!

바닥을 뒹굴며 뒤로 나자빠진 이문성은 안면에서 느껴지는 고통에 어깨를 떨었다. 인상을 찌푸리며 고개를 든 그는 왼 주먹을 앞으로 내밀고 있는 장권호의 모습을 볼 수 있었다.

"주먹……."

"얼굴이 비어 있기에 친 것이오. 주먹이 아니라 칼이었다면 당신은 죽었을 것이오."

장권호는 단조로운 어투로 중얼거린 후 곧 비틀거리듯 일어서는 이문성을 향해 다시 말했다.

"또 할 생각이오?"

이문성은 고개를 끄덕였다.

장권호도 그의 투기가 전혀 줄어들지 않았다는 사실을 잘 알고 있었다.

장권호는 궁금한 표정으로 물었다.

"그런데 내게 이러는 이유라도 있소?"

"이유? 그런 게 필요하오? 그냥 장 형이 재수없기 때문이오. 내 손으로 끝내고 싶기도 하고."

이문성은 살기를 보이며 검에 자신의 기를 집중했다. 그러자 아지랑이 같은 유형의 기운이 검을 타고 흘러나왔다.

"검기……."

이문성의 모습에 장권호는 조금 놀란 표정으로 중얼거렸다. 하지만 그것도 잠시였다.

"정말 끝을 볼 생각이오?"

장권호의 물음에 이문성은 더욱 큰 살기를 주변에 뿌리며 말했다.

"처음부터 그럴 생각이었소. 합!"

커다란 기합성과 함께 이문성의 신형이 앞으로 뻗어 나왔다. 그 순간 수십 개의 검영이 마치 송곳처럼 빛을 발하며 전신을 찔러왔다.

하나하나가 진검이었고, 스치기만 해도 스친 부분이 조각날 것 같았다.

쉬쉭!

주변을 가득 메우고 날아드는 이문성의 검기에 장권호는 검을 들어 앞으로 찔렀다.

그 순간 묵빛 섬광이 크게 일어나더니 이문성의 검기를 삼켜 버렸다.

쾅!

"큭!"

앞으로 검을 뻗던 이문성은 검이 벽에 부딪치는 느낌과 함께 강력한 반탄강기가 전신을 때리자 뒤로 밀려 나갔다. 뼈마디가 부서질 것 같은 강한 충격이었다. 그 충격 때문에 의지와는 상관없이 잠시 멈춰 서야 했다.

쉬아악!

그 기회를 놓치지 않고 공간을 가르며 장권호의 검이 뻗어왔다.

"으윽!"

이문성은 온몸에 힘을 주고 움직이려 했다. 하지만 무언가 벽에 막힌 것처럼 진기가 흐르지 않는 것을 알았다.

그때 장권호의 검이 눈앞에 나타났다. 이문성은 저도 모르게 눈을 감았다.

툭!

"……!"

이문성은 어깨를 가볍게 누르는 느낌에 놀라 눈을 떴다.

"즐거웠소."

장권호는 이문성을 지나치며 낮은 목소리로 중얼거렸다.

이문성은 그저 멍하니 앞을 바라보고 있을 뿐이었다. 그는

장권호가 어깨를 그저 검으로 가볍게 두드렸다는 사실을 알
았다. 그제야 온몸에서 진기가 흘러나가는 것을 느꼈고 몸을
움직일 수가 있었다.

"이놈!"

이문성은 크게 외치며 신형을 돌렸다. 그 순간 이문성의
눈앞에 거대하게 변해 있는 장권호의 모습과 차갑게 번들거
리는 두 개의 빛이 눈을 찔러 들어왔다.

"큭!"

이문성은 놀라 주춤거렸다. 장권호의 눈빛에 살기가 보였
기 때문이다. 조금이라도 움직이면 죽을 것 같다는 생각이
문득 머리를 스쳤다. 실로 가슴이 서늘해지는 순간이었다.

"이번에는 정말 죽어."

"……!"

이문성은 그 말에 감히 움직이지 못하였다. 장권호는 잠시
이문성을 바라보다 곧 앞으로 걸어갔다.

장권호가 눈앞에서 사라질 때까지 그 뒷모습을 보던 이문
성은 몸에서 힘이 빠져나가는 걸 느꼈다.

'도대체…… 믿을 수가 없다…….'

도저히 자신의 머리로는 이해할 수 없는 일이었다. 지금까
지 경험한 모든 것이 뒤바뀌는 느낌이었다.

"어떻게…… 나와 비슷한 나이일 뿐인데……."

장권호는 자신이 상상했던 것 이상으로 강한 인물이었고

무서운 존재였다.

'스승님은 무언가…… 착각하고 계신다…….'

문득 위험하다는 생각이 들었다.

이문성과의 비무를 마치고 방에 들어온 장권호는 한쪽에 검을 세워놓고 의자에 앉았다. 그러자 기다렸다는 듯이 서영아가 모습을 보였다.

"좀 전에 싸운 자는 귀문주의 둘째 제자예요. 야망이 큰 사람이죠. 한 번 이겼다고 해서 방심하면 안 돼요. 저 사람은 결코 좋은 사람이 아니에요."

"잘 아는 사람처럼 보이는군."

"잘 알지요. 그는…… 몇 번이고 저를 겁탈했던 사람이니까요."

서영아의 목소리에는 살기가 담겨 있었다. 장권호는 그 말에 표정이 굳어졌다. 생각지도 못한 말을 들었기 때문이다.

무공으로 봐서 서영아는 누군가에게 그런 식으로 제압당할 사람이 아니었다. 특히나 조금 전 비무한 이문성에 비해 서영아가 뒤떨어진다고 볼 수도 없었다. 그런데 겁탈을 당했다는 말을 들으니 의문이 들었다.

"다 오래전 일이지만…… 해약을 얻지 못해 어쩔 수 없었어요. 추소려…… 그 간악한 계집 때문에…….'

장권호는 입을 열지 않았다. 서영아의 기분을 맞춰줄 자신이 없었기 때문이다.

"언제 이곳을 떠날 건가요?"

"글쎄…… 장백파나 사형의 소식을 듣게 되면 떠나야지."

장권호의 대답에 서영아가 말했다.

"저는 오늘 밤 이곳을 떠날 거예요."

서영아의 말에 장권호는 가면이 씌워진 그녀의 얼굴을 슬쩍 쳐다보았다.

"심심하겠군."

장권호의 말에 서영아는 벽면의 그림자로 몸을 숨기며 말했다.

"저도 심심하겠지요."

스륵!

그녀의 잔상이 완전히 사라지자 장권호는 창밖에 보이는 하늘을 쳐다보았다. 아직 해가 지려면 꽤 시간이 남아 있었다.

저녁 무렵 추야장의 방문은 의외였다. 그는 여전히 기분 좋은 표정으로 들어와 장권호 앞에 앉았다.

"식사를 같이 하겠나?"

추야장의 물음에 장권호는 거절할 이유가 없었고, 곧 식사가 준비되었다. 음식들이 하나둘 나오자 추야장은 술을 권했다.

"이곳에서 지내기에는 어떤가? 내 딸아이가 잘 챙겨주고 있나?"

"추 소저와는 자주 봅니다. 문주님의 배려 덕분에 잘 지내고 있습니다."

"하하! 다행이군."

추야장은 호탕하게 웃으며 술을 마셨다. 그러자 장권호가 물었다.

"저를 부르지 않고 오신 것으로 보아 할 말이 있으신 듯합니다."

"그렇네."

장권호의 말에 추야장은 미소를 보였다. 장권호의 말처럼 보고 싶으면 부를 수 있는 사람이 추야장이었다. 그런데 직접 장권호의 거처로 방문한 것이다.

"다름이 아니라 장검명에 대해 다시 조사하는 과정에서 전에는 몰랐던 사실을 알게 되었네."

추야장의 말에 장권호의 눈이 번뜩였다. 사형에 대한 새로운 사실을 알았다는 말 때문이다.

"어떤 것입니까?"

추야장은 장권호의 물음에 술잔에 술을 따르면서 대답했다.

쪼르륵!

"자네는 혹시 구전경(九戰經)이라고 아는가?"

"구전경……?"

처음 들어보는 이름이었다.

"모르는 모양이군?"

"그렇습니다. 그런데 구전경이란 것이 사형과 어떤 연관이 있는 것입니까?"

"장 형은 구전경을 가지고 있었던 모양이야. 그것 때문에 살해되었을 가능성이 매우 높네."

"구전경……."

장권호는 다시 한 번 '구전경'이란 이름을 머릿속에 각인시켰다.

"어떤 것인지 설명을 듣고 싶습니다."

"구전경은 예상했겠지만 무공서이네. 책이름처럼 아홉 가지 싸우는 방법이 적혀 있는 무공서지."

"아홉 가지라……."

추야장은 장권호의 표정을 살피며 천천히 다시 말했다.

"장백파의 무공인지 아니면 장 형이 창안한 것인지는 모르나…… 장 형의 무공은 그 구전경을 바탕으로 이루어진 것이라 하네."

"장백파의 무공 중에 구전경은 처음 들어봅니다. 무엇보다 사형이 장백파의 무공이 아닌 무공을 사용했다는 사실을 믿기 힘듭니다."

장권호의 목소리는 조금 딱딱해져 있었다. 그럴 수밖에 없

는 것이 사형이 장백파의 무공을 버린 것처럼 들렸기 때문이
다.

"나도 자세히는 모르나 장 형은 확실히 구전경을 가지고
있었고 그 무공을 사용했다고 하네. 그것이 문제였지."

"도대체…… 그 구전경이 어떤 무공이기에……."

장권호가 낮은 목소리로 중얼거리자 추야장이 말했다.

"천하독패(天下獨覇)의 이야기는 들어봤나?"

"천하독패란 이름은 알고 있습니다."

"이름이야 당연히 알겠지."

추야장은 중얼거린 후 곧 다시 입을 열었다.

"천하독패는 단 한 번도 패한 적이 없다고 알려진 사람이
네. 허나…… 그도 이기지 못한 사람이 있었네. 물론 패한 것
도 아니지만. 누가 이기고 누가 졌는지 판가름 나지 않았
지."

"……?"

추야장의 말에 장권호는 호기심이 가득한 표정을 지었다.

"그 사람은 임수명이란 자인데…… 자네처럼 장백에서 왔
다 하네."

"……!"

장권호는 그 말에 표정을 굳혔다. 임수명이란 이름은 들어
본 적이 없다. 하지만 장백에서 왔다는 말은 그에겐 상당히
큰 충격이었다.

"그자의 무공이 바로 구전경의 무공이네."

"아…… 그래서 제게 물은 것이군요."

"그렇지."

추야장은 선선히 고개를 끄덕였다. 장검명은 장백에서 온 사람이었고 그의 무공은 고강했다. 또한 과거 임수명이란 자역시 천하독패와 자웅을 겨룰 만큼 강한 인물이었다. 그자역시 장백에서 온 사람이었다. 연관을 지어 생각하지 않을 수 없었다.

"물론 그러한 사실에 대해서 아는 사람은 거의 없네. 천하독패와 친분이 있던 몇몇 사람들을 제외하곤 말이네. 그들이 구전으로 전한 이야기였고, 오랜 시간이 지난 후이기 때문에 이름도 임수명이 정확한지 모르겠네."

"저도 처음 들어보는 이름입니다. 조사당에 모셔진 위패에 임수명이란 이름은 없습니다. 또한 제가 모르면 장백파의 사람이 아닐 것입니다."

장권호가 자신있게 말하자 추야장은 살짝 눈살을 찌푸렸다. 조금 실망했기 때문이다. 내심 장권호가 구전경과 임수명에 대해 알고 있기를 바랐던 것이다.

"장 형이 구전경 때문에 죽은 것은 확실할 것이네. 자네도 알다시피 때때로 무림인들은 무공서 하나에도 수많은 피를 흘리지 않던가."

장권호는 추야장의 말에 전적으로 동의하고 있었다.

"그럼 구전경이 문제의 원인이란 말입니까?"

"장 형이 구전경을 지니고 있었다면 분명 구전경에 욕심낸 사람들이 있었을 것이네. 그들이 장 형을 죽이지 않았겠나? 이제 이유를 알았으니 우리가 준비해야 할 것이 있네. 장 형의 복수를 하려면 구전경이 필요하네."

"구전경을 미끼로 쓰자는 말이군요?"

"정확하네."

추야장의 대답에 장권호는 고개를 끄덕였다. 하지만 구전경이 그처럼 대단한 무공서라면 자신이 모를 리 없다고 생각했다.

장백파의 모든 무공서를 보았던 그였다. 그에게 구전경이란 이름은 그저 생소한 이름일 뿐이었다. 장권호는 장검명이 중원에 와서 우연히 주운 것이라 생각했다.

"본 파의 무공서 중 구전경이란 이름의 무공서는 없습니다. 만약 있었다면 제가 모를 리 없습니다."

"그럼 먼저 구전경을 찾아야겠군……."

"그래야 할 것 같습니다."

추야장의 표정이 침중하게 변하였다. 말로만 들은 구전경을 어떻게 찾을지 막막했기 때문이다.

그는 곧 표정을 바꾸며 말했다.

"자네는 우리 귀문을 어떻게 생각하나?"

"좋은 곳이라 생각합니다."

"귀문에 들어올 생각은 없고?"

"저는 해야 할 일이 있기 때문에…… 죄송합니다."

장권호의 정중한 말에 추야장은 조금 실망한 표정을 보였다. 그러다 다시 말했다.

"나는 자네에게 내 딸을 주고 싶네. 자네와 연을 맺고 싶은 것이네. 어찌 생각하나?"

갑작스럽게 물어오자 장권호는 당황했다. 설마 추야장이 이렇게 직접적으로 말할 줄은 몰랐기 때문이다.

"추 소저는 어떤 남자라 해도 마음이 흔들릴 정도로 아름다운 분입니다. 하지만 저하고는 어울리지 않습니다."

"왜 그러나? 민족이 달라서?"

추야장의 물음에 장권호는 고개를 저었다.

"그런 문제가 아닙니다. 아직…… 제 마음에 여유가 없기 때문입니다."

"후후, 그렇다면 기다려야겠군."

"예?"

"자네 마음에 여유가 생길 때까지 말이네."

추야장이 포기하지 않겠다는 듯 말하자 장권호는 곤란한 표정을 보였다. 추소령이 싫은 게 아니라 무인으로서 해야 할 일이 많았기 때문이다.

"어르신의 마음은 감사하나 어려운 문제라고 생각합니다. 죄송합니다."

장권호의 말에 추야장은 살짝 눈살을 찌푸렸다. 기분이 나빴기 때문이다. 자신이 이렇게까지 말하는데 거절하는 장권호가 곱게 보일 리 없었다. 허나 장백파의 무공이 목적인 이상 참아야 했다.

"나는 자네를 본 문의 사람으로 만들고 싶네. 자네와 내 딸이 혼인을 한다면 마음 놓고 남은 여생을 편히 보낼 수 있을 것 같네. 제자 놈들이야 많지만…… 마음에 차는 놈이 없어."

추야장이 고개를 저으며 짧게 한숨을 내쉬었다.

"죄송합니다. 그리고 저도 드릴 말씀이 있었습니다. 아무래도 내일 떠나야 할 것 같습니다."

"떠나?"

장권호의 말에 추야장은 놀란 표정을 보였다.

"장 형의 일은 어찌하고 떠나려 하는가?"

"지금까지 어르신의 배려에 감사함을 느낍니다. 하지만 할 일이 있는 이상 너무 오래 한곳에 머물 수가 없습니다. 사형에 대한 일은 추후에 찾아뵙고 듣겠습니다."

"섭섭하군. 그래, 어디로 갈 생각인가?"

"아직 정하지는 않았지만 사형의 흔적을 쫓을 생각입니다. 감숙성으로 가야겠지요."

"음…… 미주지방으로 간다는 말이로군."

"예."

장권호가 고개를 끄덕이자 추야장은 다시 한 번 술을 마셨다.

곧 그는 술잔을 내려놓고 깊은 한숨을 내쉬었다. 장권호의 떠난다는 말이 상당히 아쉬움으로 남은 듯 보였다.

"떠난다니 많이 아쉽군그래. 그래, 언제 또 올 건가?"

"일이 마무리되면 다시 찾아뵙겠습니다."

"그래 주면 고맙지."

추야장은 미소를 보이며 술병을 들었다.

"자네도 한잔하게. 마지막은 그래도 한잔 나눠야지."

"예."

술을 따르려던 추야장은 술병이 비어 있는 걸 확인하곤 크게 외쳤다.

"여기 술을 한 병 가져오너라!"

추야장의 외침에 밖에서 부산한 움직임과 함께 술병이 하나 들어왔다.

청록색 옥병을 손에 쥔 추야장은 장권호의 잔에 다시 술을 따랐다.

"내 딸을 기억해 주게. 나는 자네를 포기한 게 아니라네."

"알겠습니다."

추야장은 장권호의 대답을 들은 후 자신의 잔에도 술을 채웠다.

곧 술잔을 든 추야장이 다시 말했다.

"나는 장 형의 죽음을 계속 조사하겠네. 혹시라도 좋은 소식이 있으면 자네에게 바로 연락하겠네."

"배려에 감사합니다."

"들지."

추야장이 술잔을 먼저 들어 마시자 장권호가 따라 마셨다. 곧 잔을 내려놓은 추야장이 다시 말했다.

"그런데 자네는 그토록 젊은 나이에 참으로 대단하군. 나와 비견될 정도로 무공이 고강하니 말일세. 그 비결이 뭔가? 장백파의 무공을 익혀서 그런 것인가? 혹시 장백파의 무공 자체가 구전경에서 나온 게 아닐까?"

"그건……!"

순간 장권호는 눈을 부릅뜨며 추야장을 쳐다보았다. 그의 신형이 두세 개로 늘어났기 때문이다. 또한 온몸에서 힘이 빠져나가는 기분을 느껴야 했다.

장권호는 그제야 뭔가 잘못되었다는 생각이 머리를 때렸다.

"내일 떠난다고 했나? 그건 안 되지…… 나는 내 손에 들어온 금(金)을 남에게 주는 성격이 못 되네. 내 것이 못 될 바엔 차라리 없애고 말지."

"내게…… 무슨 짓을 한 것이오?"

"알 거 없네."

장권호는 안색을 굳히며 자리에서 일어서다 비틀거렸다.

그 모습에 추야장은 조금 놀란 표정을 보였다. 지금까지 이렇게 견디는 인물은 본 적이 없었기 때문이다.

"어리석은…… 쯧!"

쉭!

추야장의 손이 번개처럼 움직이며 장권호의 전신 요혈을 점하였다.

"순진한 놈."

"……!"

장권호는 눈을 감으며 마지막에 비웃는 추야장의 얼굴을 머릿속에 각인시켰다.

장권호를 바닥에 눕힌 추야장은 의자에 앉으며 인상을 찌푸렸다.

"감히 그냥 떠난다라…… 죽고 싶은 모양이군."

추야장은 중얼거린 후 고개를 돌렸다.

"들어와."

추야장의 말에 곧 발소리와 함께 장구조가 모습을 보였다. 그 뒤로 추소령이 걸어 들어왔다. 그녀는 누워 있는 장권호를 보곤 상당히 놀란 표정을 지었다. 하지만 곧 무심한 표정이 되었다.

마치 지금의 이 사태를 예견이라도 한 듯 보였다.

"네가 무슨 일로 왔지?"

추야장은 부르지도 않은 추소령이 나타나자 심기 불편한 표정으로 물었다.

추소령은 아미를 찌푸리며 대답했다.

"오늘 저녁에 제 방에서 함께 저녁을 먹기로 했는데 기다려도 안 오더군요. 그래서 한번 찾아온 것뿐이에요."

추소령의 말에 추야장은 미미하게 고개를 끄덕였다.

"그랬었군. 지금까지 억지로 네게 부담되는 일을 시켰구나. 미안하다."

"아니에요. 그런데 장 소협을 어쩌시려는 건가요? 저를 일부러 붙여줄 만큼 그를 높이 평가한다고 생각했는데 의외의 결말이네요."

추소령의 조금 실망스럽다는 듯한 표정에 추야장이 말했다.

"너도 대충 느꼈을 터인데? 이렇게 될 거라는 사실을 말이다."

추소령은 그 말에 입을 닫았다. 한편으로는 불안감도 있었기 때문이다. 추야장이 자신을 장권호에게 붙여주었을 때부터 그런 생각을 했었다.

아무 이유 없이 그저 자신을 시집보내기 위해 그의 곁에 두었다고 보기에는 장권호란 사람은 생소한 인물이었다. 이유가 분명히 있다고 생각한 그녀였다.

"이만 가거라."

"예."

"그리고 이놈의 일은 잊어라. 어차피 이제 볼 일도 없을 테지만."

"예, 가볼게요."

추소령은 밖으로 나가다 잠시 고개를 돌려 누워 있는 장권호를 쳐다보았다. 문득 그녀의 눈동자가 흔들렸다. 하지만 그것도 잠시였다. 그녀는 빠른 걸음으로 자신의 거처를 향해 걸어갔다.

추소령이 나가자 추야장은 옆에 서 있는 장구조를 향해 말했다.

"옥에 가두고 아무도 접근하지 못하게 하게. 내가 직접 이놈의 입을 열게 할 테니까."

"알겠습니다."

장구조가 대답하자 추야장은 자리에서 일어섰다.

"좀 더 있었다면 서로 좋았을 것을…… 쯧!"

추야장은 혀를 차며 밖으로 나갔다.

그가 나가자 장구조는 수하들을 불렀다. 곧 세 명의 무사가 방 안으로 들어왔다.

"벽옥(壁獄)에 가두고 만년한철로 사지를 결박해야 한다."

"예!"

수하들의 대답을 들은 장구조는 고개를 끄덕이며 신형을 돌렸다. 그 순간 미세하게 흔들리는 흰 선 하나가 그의 눈에 띄었다.

"……?"

장구조가 그 물건이 무엇인지 궁금해 눈을 크게 떴다. 순간 '번쩍!' 하는 섬광과 함께 흰 선이 번뜩였다.

파파팟!

"헙!"

장구조는 헛바람을 들이켜며 바닥에 엎드렸다.

퍼퍽!

순간 흰 선이 세 명의 수하를 지나쳐 사라졌다.

장구조는 눈을 부릅뜨며 마치 두부처럼 목이 잘려 떨어지는 수하들의 모습을 눈에 담았다.

쉭!

그때 바람 소리와 함께 벽 속에서 두 개의 강전이 다시 날아들었다. 장구조의 쌍수가 번개처럼 앞으로 튀어 나가 강전을 잡아챘다.

퍼퍽!

"큭!"

강전을 잡은 손안이 마치 터질 것 같았다. 강한 통증을 느끼며 뒤로 물러선 장구조는 어느새 장권호를 안고 있는 백의녀를 볼 수 있었다.

장구조는 백색 가면을 보는 순간 눈을 부릅떴다. 서영아였기 때문이다.

"너는!"

"홍!"

핑!

서영아의 소매에서 또 하나의 강전이 화살처럼 장구조의 미간으로 튀어 나갔다. 장구조는 신형을 비틀어 강전을 피한 후 재빠르게 휘파람을 불었다.

삐이익!

그의 휘파람 소리에 서영아는 창밖으로 장권호를 안은 채 뛰어나갔다.

"잡아라!"

그 뒤를 장구조가 외치며 따랐다.

서영아는 어느새 주변을 감싸고 들어오는 귀문의 무사들을 볼 수 있었다. 상당히 빠른 대응이었고 신속한 움직임이었다. 하지만 서영아는 눈만 반짝일 뿐이었다.

"하압!"

장구조가 재빠르게 서영아의 뒤통수로 쌍수를 내밀며 쾌속하게 접근했다.

서영아는 왼발을 들어 땅을 때렸다.

쾅!

순간 강력한 폭음과 함께 마치 지진이라도 일어난 듯 대지가 흔들렸고, 서영아의 신형이 화살처럼 담장을 넘어 사라졌다.

장구조의 눈이 커졌다. 그 단 한 번의 움직임에 서영아가 삼십여 장을 날아갔기 때문이다.

"승천명(昇天鳴)!"

마치 용이 솟구치는 듯 그녀의 움직임은 화려했다.

"무슨 일이냐!"

큰 울림 때문에 놀란 것일까? 담장을 넘어 추야장이 날아 들어 왔고, 수많은 귀문의 무사들이 장구조의 주변에 나타났 다.

장구조가 굳은 표정으로 추야장을 쳐다보았다.

"백귀입니다."

"……!"

추야장은 그 말에 이빨을 깨물었다.

"곧 죽을 년이 감히 내 일을 방해해……! 확실한가?"

"물론입니다. 승천명을 사용했습니다."

"음……."

추야장은 주먹을 굳게 움켜쥐었다. 승천명은 수정궁의 무 공으로 귀문에서 사용할 수 있는 사람은 오직 백귀뿐이었고 천하제일이라 불릴 정도로 대단한 경신술이었다. 거기다 일 갑자에 달하는 내공이 있어야만 펼칠 수 있는 상승무공이었 다.

그는 곧 빠르게 말했다.

"어서 쫓아! 그년의 대갈통과 그 새끼를 가져와!"

"알겠습니다."

장구조의 대답에 추야장은 불편한 표정으로 신형을 돌렸다.

장구조는 추야장이 나가자 안색을 바꾸더니 입술을 깨물었다. 자신의 눈앞에서 일어난 일에 대해 자존심이 상했기 때문이다.

'개 같은 년이…… 진작에 죽였어야 했어…….'

장구조는 속으로 이를 갈며 천천히 움직이기 시작했다.

*   *   *

끼익! 끼익!

어둠뿐인 세상 속에서 들리는 것은 듣기 싫을 정도로 귀를 자극하는 소리였다.

끼익!

무언가 마찰로 나는 소리 같았다. 어둠 속에서 들리는 그 소리에 기분이 나빴고 절로 인상을 찌푸렸다.

"으음……."

구겨진 인상으로 눈을 뜬 양초랑은 천장이 안 보이자 눈을 크게 떴다. 그러자 물소리가 들렸고 뒤이어 자신이 떠다니는 느낌을 느낄 수 있었다.

"오우! 눈을 떴군."

말소리에 고개를 돌리자 앉아서 서책을 손에 든 청년이 보였다. 그 청년은 그렇게 잠시 시선을 두다 곧 서책에 눈을 고정시켰다. 고개를 다른 곳으로 돌린 양초랑은 자신이 뱃전에 누워 있다는 사실을 알았다.

"처음 보는 얼굴인데?"

양초랑은 말을 하며 자신의 무기를 찾았다. 그러자 작은 나룻배 상단에 앉아 있던 평범한 인상의 청년이 고개를 돌렸다.

"나는 유호라 하네."

유호의 말에 책을 보던 청년이 시선도 안 돌리고 말했다.

"나는 정영철."

"일어났나? 나는 문과로라 하지."

"기철이네."

뒤쪽에서 두 명의 청년이 고개를 내밀며 미소 지었다. 양초랑은 일어나다 인상을 쓰며 배를 잡았다.

"아직 상처가 다 낫지 않았어."

옆에서 들리는 여자의 목소리에 양초랑은 고개를 그쪽으로 돌렸다. 조금 큰 키의 여자가 눈에 들어왔다.

"양초랑이오."

"풍운회 청령당 삼단 단주 이석옥이지."

양초랑은 그녀의 긴 흑발을 바라보다 고개를 끄덕였다. 들어본 이름이기 때문이다. 그러다 문득 놀란 표정으로 사람들을 쳐다보았다.

"풍운회?"

책을 보던 정영칠이 시선을 던지며 입을 열었다.

"자네를 구해오라는 명을 받고 왔지. 다행히 많이 늦지는 않은 것 같군."

그 말에 고개를 끄덕인 양초랑은 궁금한 표정으로 물었다.

"여기는 어디지?"

"조금만 더 가면 개봉이오. 곧 풍운회에 갈 수 있을 것이오."

양초랑의 물음에 유호가 답했다.

양초랑은 그 말에 고개를 끄덕이며 주변을 둘러보았다. 그제야 주변의 풍광이 눈에 들어왔다. 넓은 강물을 가로지르는 많은 배들이 보였고 강을 따라 이어져 있는 집들이 보였다.

"어쩐지 비린내가 나더라니…… 강물 위였어……."

양초랑은 투덜거리듯 중얼거렸다.

"받아."

이석옥이 두 자루의 도를 내밀자 양초랑은 그녀를 바라보며 무기를 받았다.

"고맙소, 이 소저."

"단주야. 이 단주라 불러."

"초면에 반말이라……."

"나는 네 생명의 은인인데?"

이석옥의 말에 양초랑은 입을 닫았다. 그녀의 말에 주변에 있던 사람들이 모두 고개를 끄덕였기 때문이다.

"아! 큰 은혜를 입었소이다. 허허허! 감사하오."

양초랑은 입에 침이 발렸는지 모를 어색한 말을 했다. 그 모습에 다른 사람들이 웃음을 보였다.

"다 왔다. 내리자."

이석옥이 부둣가에 배가 닿자 먼저 일어섰다. 그러자 다른 일행들이 모두 일어섰고, 양초랑은 유호의 부축을 받았다.

"강북삼도 중 한 명이 이렇게 초라하다니…… 쯧!"

이석옥은 그 모습에 혀를 차며 뭍으로 내렸다.

그 모습에 양초랑은 험악한 표정으로 이석옥을 노려보았다. 그러다 자신을 부축한 유호에게 물었다.

"원래 저런가?"

"뭐…… 그렇소."

유호는 선선히 고개를 끄덕였다. 그러자 이석옥이 고개를 돌리더니 양초랑을 향해 말했다.

"은혜는 갚아라."

"여부가 있겠소…… 이 단주."

양초랑은 문득 은혜를 값을 때 크게 손해 볼 것 같다는 생각이 들었다.

풍운회의 의방에 누워 며칠을 더 보낸 양초랑은 건강을 되찾자 가장 먼저 자청운과 만났다. 자청운과 짧은 대화 후에 풍운회주인 조천천을 만났다.

"호법을 그렇게 쉽게 죽게 할 수 있었겠소?"

"고맙소. 은혜를 입었소이다."

양초랑은 자리가 자리인만큼 격식있게 말했다. 조천천은 미소를 보이며 말했다.

"은혜를 입은 만큼 본 회를 위해서 힘을 써주시오."

"그럴 것이오."

양초랑은 당연하다는 듯 고개를 끄덕였다.

"그럼…… 호법으로서 내 동생을 잘 부탁하오."

"걱정 마시오, 잘 지킬 테니까."

조천천은 그 말에 미소를 보였다.

조천천과 잠시 더 대화를 나누다 헤어진 양초랑은 몇 사람을 더 만난 후 저녁이 되어서야 조선약을 만날 수가 있었다.

오랜만에 만났기 때문에 양초랑은 기분이 좋았다.

그리고 조선약의 미소를 본 이후에야 자신이 풍운회의 일원이 되었다는 것을 실감할 수 있었다.

풍운회의 많은 사람들이 바쁘게 움직이고 있었지만 조선약은 별다른 일 없이 대부분 숙소에서 시간을 보낸다. 그렇기 때문에 양초랑도 특별하게 할 일이 없었다.

낮에는 조선약의 거처에 가서 하루 종일 빈둥거리다 저녁에 자신의 방으로 돌아가는 생활을 반복했다. 낮엔 그저 조선약의 거처에서 조금 떨어진 곳에 앉아 잠을 자는 게 그의 일이라면 일이었다.

조선약은 친구도 없는지 거의 찾아오는 사람도 없었다.

시비들은 그저 귀찮은 것을 싫어할 뿐이라고 말하지만 양초랑은 그런 생각이 들지 않았다.

잠시 눈을 뜬 양초랑은 집 안쪽을 한번 쳐다보며 중얼거렸다.

"방구석 폐인(廢人)일 리도 없고⋯⋯."

양초랑은 그녀가 벌써 보름 가까이 문밖으로 모습을 보이지 않고 있다는 사실에 호기심이 일어났다. 하지만 안으로 들어갈 수는 없었기에 그저 밖에 있어야 했다.

지나다니는 시비들에게 물어보면 안에 있는 것은 확실했고, 음식이 오가는 것으로 보아 살아 있는 것도 분명했다.

"뭐 하는 건지 도통 말을 안 해주네."

양초랑은 투덜거리며 다시 눈을 감았다. 이제는 잠만 자는 것도 슬슬 지겨워지기 시작했다.

양초랑이 그렇게 지겨움을 느낄 때 수신호위가 다가왔다.

하루 종일 조선약에게서 떨어지지 않는 호위들로 두 명의 여자였는데, 시비들과는 다르게 검을 어깨에 메고 있었다. 이십 대 초중반으로 보이는 그녀들은 희(熙)와 란(蘭)으로 양초랑과 대화를 나눈 적은 몇 번 없었다.

"아가씨께서 외출하신다고 하네요."

"외출? 밖에 나간다고? 그런 일정은 통고받은 적이 없는데?"

양초랑의 물음에 우측의 희가 대답했다.

"회를 나가시는 게 아니에요. 회 안의 친구를 만나러 가시는 거예요."

"아하! 그럼 그렇게 말씀하시지."

양초랑은 그 말에 고개를 끄덕였다.

"준비할 것도 없으니 나오시면 뒤따르지."

양초랑의 말에 희와 란은 시선을 한 번 던지다 곧 방으로 들어갔다.

얼마 지나지 않아 조선약이 화사한 분홍빛의 외출복을 입고 나왔다.

양초랑은 그녀의 미모가 여전히 아름답다는 생각을 했다.

"오랜만에 얼굴을 보네요."

조선약의 인사에 양초랑은 미소를 보였다.

"잘 지내신 것 같아 다행이오. 뒤따르겠소."

양초랑은 살짝 고개를 숙여 보인 후 곧 걸어나가는 여자들의 뒤를 따랐다.

일행은 한 대문 앞에 이르렀다.

"여기서부터는 안으로 들어가실 수가 없어요."

"엉? 그건 또 무슨 소리야?"

란의 말에 양초랑은 인상을 찌푸렸다. 그러자 란이 웃음을 보이며 말했다.

"여긴 남자들이 들어갈 수 없는 곳이거든요. 물론 여자라고 해서 아무나 들어갈 수 있는 곳도 아니지만요. 그러니 나오실 때까지 밖에서 기다리세요."

란의 설명에 양초랑은 어이없다는 표정으로 대문을 쳐다보았다. 그러자 란은 미소를 던진 후 안으로 들어갔다. 곧 대문이 닫히자 양초랑은 고개를 저었다.

"도대체 누가 있기에……."

양초랑은 투덜거리며 벽에 기대었다. 몇몇 사람들이 그 앞을 지나가다 벽에 기대어 서 있는 양초랑을 보곤 소곤거렸다.

그 모습에 양초랑은 눈살을 찌푸렸다. 처음 보는 사람들이 자신을 보며 수군거리는 것을 좋아할 사람은 없었다.

"여어! 오랜만이군."

양초랑은 들려오는 소리에 고개를 돌렸다.

풍운회에서 자기가 아는 사람은 극히 드물었고 오랜만에 볼 사람 또한 없었다.

고개를 돌려 상대를 확인한 양초랑은 다시 한 번 인상을 찌푸려야 했다. 반갑지 않은 녀석이 서 있었기 때문이다.

"이 년 만에 보는 것 같은데? 호법으로 왔다는 소식은 들었는데 도통 안 보이더군. 어디 갔었나?"

"정관홍이군."

양초랑은 자신과 함께 강북삼도로 불리는 정관홍을 알아보았다. 풍운회의 사당 중 청룡당의 당주인 그는 강북삼도 중 한 명이자 후기지수 중 가장 강하다고 알려진 강호십기에 이름을 올리고 있는 인물이었다.

조금 큰 키에 훤하게 생긴 그는 풍운회에서도 상당한 인기를 얻고 있는 인물이었다. 물론 양초랑은 그를 좋아하지 않았다.

"그런데 이렇게 오랜만에 만나는 장소가 주작원 앞이라…… 여긴 남자는 못 들어가는 곳일 텐데?"

"그래서 이렇게 서 있잖아."

"그랬군. 여기는 무슨 일이지?"

"내가 호위하는 여자가 여기에 볼일이 있다 해서."

"아하! 자네는 호법으로 왔었지? 그래, 누구를 호위하는 건가?"

"조선약."

"……!"

정관홍이 그 말에 한순간 안색을 바꾸더니 상기된 표정을 보였다. 그리곤 양초랑의 어깨를 잡으며 말했다.

"자네…… 부럽군……."

정관홍은 정말 부럽다는 표정으로 진지하게 쳐다보았다.

그 시선에 양초랑은 눈을 크게 떴다.

"뭐가 부러운데?"

"조 소저는 아름답지 않은가?"

"설마…… 너 조 소저 좋아하냐?"

"당연하지."

정관홍은 부끄러움도 없는 듯 고개를 끄덕였다. 그리곤 다시 말했다.

"오늘 저녁에 술이나 한잔 같이 하겠나? 회포도 풀 겸……에, 또…… 조 소저의 취미가 뭔지, 어떤 음식을 좋아하는지…… 그리고…… 이건 정말 자네에게 진지하게 부탁하는 건데 말이야…… 속옷이라도 하나 훔쳐 올 수 있겠나?"

"이런 망할 놈을 봤나! 내가 그걸 어떻게 훔치냐?"

"아니 뭐…… 함께 지내니까…… 못할 건 또 뭐야…… 참, 혹시……!"

말을 하던 정관홍이 급작스럽게 표정을 바꾸더니 양초랑의 양어깨를 잡았다.

"목욕하는 거 훔쳐 본 적은 있냐?"

"아이구, 참마도라 불리는 놈이 잘도 그런 말을 한다."

"아무도 없으니까. 후후, 뭐…… 남자가 다 그렇지."

정관홍은 미소를 보인 후 곧 신형을 돌렸다.

"앞으로 친하게 지내세. 술은 내가 낼 테니 자네는 정보를…… 알았지?"

"그래그래, 알았으니까 가보라고."

"수고하게나."

정관홍은 손을 들어 보인 후 빠르게 멀어져 갔다.

양초랑은 정관홍을 보낸 후 뭔가 잊었다는 생각에 머리를 굴리다 안색을 굳혔다.

"이런…… 주작원에 누가 사는지 안 물었네."

양초랑은 입맛을 다시며 눈을 감았다.

이렇게 서 있는 것도 상당히 무료하고 힘든 일이란 사실을 새삼 깨달았다.

방 안에 앉아 즐겁게 담소를 나누는 사람은 세 사람으로 모두 이십 대 초반의 여자였다. 둘은 면사를 써 눈만 내보이고 있었는데 그 모습조차 미인이었다.

한창 이야기를 하던 중 긴 흑발을 늘어뜨린 면사녀가 조선약을 바라보며 물었다.

"혹시 장백파에 관한 소식은 안 들어왔나요?"

그녀의 물음에 조선약이 고개를 저었다.

"전에 말한 게 전부예요. 새로운 건 아직 못 들었어요."

"그렇군요……."

그 말에 면사녀가 고개를 끄덕였다.

"종 언니는 장백파가 상당히 걱정되는 모양이에요?"

"아무래도 그렇지요."

종미미가 걱정스러운 듯 말하자 옆에 있던 가내하가 말했다.

"너무 걱정하지 마세요. 지금 재건 중이라고 하니까요. 단지…… 권호가 걱정이네요. 그 자식 소식이 없으니…… 혹시 장권호에 대한 소식을 들은 게 있나요?"

가내하의 물음에 조선약은 고개를 저었다. 처음 들어보는 이름이기 때문이다.

"잘 모르겠어요. 그분도 장백파의 사람인가 보군요?"

"네. 중원에 왔다는데 어디에 있는 건지…… 소식을 알 수가 없네요."

"제가 한번 알아볼게요. 두 분 입에서 사내의 이름이 나온 것은 처음이라 호기심이 생기네요."

조선약의 말에 가내하와 종미미가 미소를 보였다. 생각해 보니 지금까지 남자 이야기를 한 적이 없었던 것 같았다.

"정말 그렇네요. 사내 이야기도 좀 하고 해야 하는데…… 도통 아는 사람도 없고 눈에 들어오는 사람도 없으니…… 그냥 자연스럽게 안 하게 되는 것 같네요."

종미미가 낮은 목소리로 중얼거렸다.

조선약은 정말 자신이 봐도 너무 예쁜 종미미를 잠시 쳐다보았다. 평소엔 상당히 도도한 표정이었고 남자들을 바라볼 때는 차가웠다. 그것을 잘 아는 그녀였다.

"종 언니가 말한 그 사내를 꼭 알아봐야겠어요. 적어도 종 언니의 눈에는 들어온 사내일 테니 말이에요."

종미미가 그 말에 눈웃음을 보이며 살짝 얼굴을 붉혔다. 가내하는 그저 짧은 한숨을 내쉬더니 차갑게 눈을 반짝였다.

"중원에 오면 분명 풍운회에 들러서 우리를 찾으라고 했는데 어디로 갔는지…… 내일 제가 나가서 알아볼까요, 언니?"

"아니야. 그럴 필요 없어. 네가 말을 해놨다면 들르겠지. 단지…… 걱정이 있다면 원한을 가지고 사고나 안 쳤으면 좋겠어."

"사고요?"

조선약이 사고라는 말에 호기심을 보이자 종미미가 말했다.

"그 녀석은 밖에 나가면 꼭 사고를 쳐요. 그게…… 자기는 아무렇지도 않다지만 상대방들은 타격이 심하지요. 무엇보다 절대 권호를 화나게 해서는 안 돼요."

"그 장권호라는 사내는 화가 나면 무섭나 봐요?"

조선약의 물음에 가내하가 고개를 끄덕이며 대답했다.

"무서워요. 보통 평소에 화를 안 내는 사람이 한번 화를 내면 더 무섭잖아요?"

가내하의 말에 조선약은 고개를 끄덕였다. 자신의 오라비인 조천천도 그렇기 때문이다. 가내하가 다시 말했다.

"그 녀석은 화가 나면 눈에 뵈는 게 없어서 무모할 정도로 일을 크게 만들어버려요. 그런데 웃긴 것은…… 너무 강해서 아무도 그놈을 못 막는다는 것이죠. 화가 풀릴 때까지 눈에 보이는 모든 것을 파괴하는 놈이에요."

가내하의 말에 조선약은 살짝 아미를 찌푸렸다. 너무 강하다는 말 때문이다. 또한 눈에 보이는 모든 것을 파괴한다고 하니 장권호라는 사내가 마치 광인(狂人)처럼 느껴졌다.

종미미가 살짝 눈웃음을 보이며 말했다.

"중원에 온다는 소식에 깜짝 놀라기도 했지만 혹시나 중원에서 사고나 치지 않을까 하는 걱정이 더 많았죠. 중원에서 과연 몇이나 권호를 막을 수 있을지…… . 아마 거의 없을 거예요."

종미미가 눈을 반짝이며 낮은 목소리로 말했다. 그녀의 목소리에 담긴 자신감과 무엇보다 광오하게 느껴지는 말투가 조선약의 아미를 살짝 찌푸려지게 만들었다.

"언니가 다른 사람을 이렇게 칭찬하는 모습은 처음 보는 것 같아요. 하지만 조금 기분이 나쁘네요. 그자가 어떤 자인지, 얼마나 대단한 자인지 모르나 중원에 그만한 사람이 없겠어요? 아무리 고강한 무공을 지녔다 해도 중원에선 그저 무수히 많은 고수들 중의 한 명일 뿐이에요. 저는 그렇게 생각해요. 거기다 제 오라버니도 무적이라 불릴 만큼 강한 사람이에요."

"조 회주님이야 대단한 분이시죠."

종미미는 담담한 표정으로 고개를 끄덕이며 물러섰다. 싸올 일이 아니었기 때문이다. 그리고 조선약이 화날 만했다고 생각했다. 가내하가 말했다.

"생각을 해보니 처음 이곳에 와서 회주님을 뵈었을 때 예상외로 젊으셔서 상당히 놀랐었어요. 그토록 젊은 분이 강호를 움직이는 사람 중의 한 명이라니…… 정말 대단하신 것 같아요."

가내하가 조천천을 치켜세워 주자 조선약은 금세 기분이 좋아졌다.

"네, 대단하세요. 이만에 달하는 풍운회의 식구들을 잘 이끌고 계시니까요. 저는 꿈도 꾸지 못할 일이에요."

"대단하시죠."

종미미도 그 말에 동조하며 고개를 끄덕였다. 하지만 생각은 달랐다. 그녀에게 천하제일은 오직 장권호뿐이었기 때문이다.

'뭐하고 있을까?'

종미미는 걱정스러운 표정으로 창밖을 바라보았다. 분명 중원에 왔다고 들었는데 아직 아무런 소식도 접하지 못하고 있었다. 걱정보다는 보고 싶다는 게 더 솔직한 마음이라고 봐야 했다.

조선약이 나간 후 가내하와 종미미만 남게 되자 가내하가 면사를 풀며 말했다.

"언니는 쓸데없이 권호 이야기를 꺼내서…… 자극만 준 게 아닌지 모르겠네요."

"자극을 줘야지. 그래야 우리에게 소식을 줄 게 아니니? 사모의 일이 중요하긴 하지만 권호의 일도 우리에게는 중요한 일이야."

종미미의 말에 가내하가 짧게 한숨을 내쉬었다.

"내가 볼 때 언니는 권호의 일을 더 중요하게 생각하고 있는 것 같은데요?"

"그러니? 뭐, 그 말도 사실이긴 하지. 사모의 행방이 묘연한 이상 권호라도 찾아야지. 자극을 줬으니 소식이 오겠지. 무엇보다 거짓을 말한 건 아니지 않니? 권호를 막을 자가 과연 중원에 있을까?"

종미미의 낮은 목소리에 가내하가 고개를 끄덕였다. 공감하는 말이었기 때문이다.

"아마…… 거의 없을 거예요."

가내하 역시 확신에 찬 표정으로 중얼거렸다. 자신이 생각해도 장권호의 무공은 상상을 초월하기 때문이다.

제3장

다가서다

몸이 아파 누운 적이 과연 몇 번이나 있었을까? 지금까지 살아오면서 몸이 아파 누운 적은 아마 딱 한 번이었던 것 같다. 무공을 익히기 전 심한 고열이 난 적이 있었다. 그때 백옥궁에서 온 종 누나가 약을 지어주었고 곁에 있어주었다.

따뜻한 종 누나의 온기는 열을 내려주었고 약은 몸을 보호해주었다. 그때 처음으로 타인의 온기가 따뜻하다는 것을 알았다.

부스럭!

마른 풀잎 사이로 몸을 일으킨 서영아는 반라의 몸이었다. 그녀는 누워 있는 장권호를 한 번 보더니 곧 옷을 입었다. 체

온이 어느 정도 돌아왔고 호흡도 어제보다는 확실히 안정을 찾고 있었다.

창밖을 본 그녀는 비가 올 것 같은 날씨에 아미를 찌푸리더니 곧 가면을 얼굴에 썼다. 그녀는 주변을 살피다 먹을 게 없다는 것을 알고 밖으로 나갔다.

깊은 산중의 초가집은 금방이라도 허물어질 것처럼 보였다. 하지만 이곳은 서영아에게 아무도 모르는 그녀의 은신처 중의 한곳이었다.

해가 질 때쯤 마을에서 먹을 것을 훔쳐 온 그녀는 아직도 눈을 뜨지 못하고 있는 장권호를 쳐다보았다.

"대단하다고 해야 할지…… 제아무리 고수라 해도 목숨을 부지하기 힘들 것인데……."

그녀는 귀문주가 사용한 독이 칠보산과 산공독이란 것을 간파하고 있었다. 하지만 장권호에게 알릴 수 있는 방법이 없었다. 조금이라도 움직이면 귀문주에게 자신의 존재가 들키기 때문이었다.

결국 장권호가 독을 먹고 추야장이 방심한 때에야 그를 구출해낼 수가 있었다. 해독을 위해 처음엔 의원을 찾으려 했었다. 하지만 너무 위험부담이 컸다. 귀문이 바보가 아닌 이상 의원들을 단속하지 않을까?

그렇다고 손 놓고 있을 수도 없었다. 일단 안전한 은신처에 장권호를 데려다 놓고 생각을 하려 했다.

　은신처에 도착해 장권호를 눕히던 서영아는 그의 몸에 변화가 일고 있는 것을 발견했다.

　장권호의 피부색이 조금씩 본래의 색으로 돌아오고 있었던 것이다. 마치 독이 중화되는 것 같은 모습이었다. 혹시나 하는 생각에 하루를 지켜본 그녀는 자신의 생각이 맞다고 확신했다.

　장권호는 독을 체내에서 중화하고 있었다. 서영아는 정신을 잃은 상태에서 몸이 스스로 움직이는 것이 너무 신기하고 기이하게 보였다.

　그리고 그의 무공에 대해 호기심이 생겼다. 장권호가 일어나면 무공에 대해 물어볼 생각이었다.

　서영아는 곧 자신이 가져온 음식 중 만두를 입에 넣고 씹기 시작했다. 그러다 장권호의 입술이 바짝 말라 있는 것을 발견하곤 물이 담긴 가죽 주머니를 들었다.

　주륵!

　그녀는 물을 장권호의 입에 붓다가 옆으로 다 흘러내리는 것에 아미를 찌푸리며 곰곰이 생각에 잠겼다.

　그러다 자신이 물을 입에 가득 머금은 후 곧 장권호의 입에 대고 흘려 넣어주었다.

　장권호의 목젖이 움직였고, 물은 장권호의 식도를 타고 들어갔다.

"후우……."

한참 그렇게 물을 넣어주던 서영아는 고개를 들더니 잠시 장권호의 입술을 쳐다보았다.

"귀여워."

장권호가 깨어 있었다면 그 말이 어떤 의미인지 궁금해서 물었을 것이다. 하지만 지금 장권호는 눈을 감고 있었고, 서영아는 잠시 후 다시 물을 머금고는 장권호의 입에 입술을 맞추어갔다.

숲을 뛰어다니던 서영아는 기분이 좋았다. 자신도 그 이유를 잘 모르고 있었다. 그저 가슴이 뛰었다. 자신이 무언가를 해낸 기분이었다. 이런 기분을 느낀 적은 지금까지 살아오면서 단 한 번도 없었다.

그래서 기분이 좋았다. 주변의 꽃들도 예쁘게 보였고, 전에는 그저 무심하게 지나치던 나무들도 그림자까지 예쁘게 보였다. 무수히 많은 햇살이 나뭇잎 사이로 스며드는 광경이 오늘따라 기분 좋게 보였다. 그저 세상의 모든 만물이 자신을 위해 존재하는 듯했다.

"흐흥! 흥!"

콧노래를 흥얼거리며 계곡으로 나온 그녀는 가죽 주머니에 물을 담았다. 하루가 다르게 본래의 모습을 찾아가는 장권호의 모습을 보는 것이 요즘 그녀가 하는 일이었고, 가장 기분 좋은 일이었다.

누군가 자신 때문에 생명을 되찾고 있다는 생각에 기분이
좋았다. 콧노래를 흥얼거리며 은신처로 향하던 서영아는 발
을 멈추었다.

풀밭 사이로 나뭇가지 몇 개가 꺾여 있었기 때문이다.

'설마……'

서영아는 불길한 예감이 들었다. 나뭇가지가 꺾인 방향은
분명 장권호가 머물고 있는 은신처 쪽이었다.

서영아는 날카로운 눈빛으로 주변을 살폈다. 그리고 발자
국 하나를 발견하곤 상대가 한 명이라는 것을 파악했다. 무
엇보다 놀란 것은 발자국이 조금 작다는 것과 남자의 발이
아니라는 점이었다. 그게 그녀의 심장을 더 크게 뛰게 하였
다.

자신 외에 이곳을 아는 사람이 한 명 더 있었기 때문이다.

휙!

그녀의 신형이 바람처럼 숲을 가로질러 은신처로 향했다.

"랄라…… 랄라……!"

작은 목소리로 흥얼거리며 숲을 나온 조금 큰 키의 여자는
흑단 같은 긴 머리카락을 한번 만지더니 날카로운 눈빛으로
반쯤 허물어진 초가집을 바라보았다.

그녀는 붉은 홍의를 걸치고 있었는데 백색의 피부와 차가

운 표정이 옷과 매우 잘 어울렸다. 이십 대 초반으로 보이는 그녀는 날카로운 살기를 사방에 뿌리고 있었다.

"안 왔나?"

잠시 걸음을 멈추고 고개를 갸웃거린 그녀는 이내 사람의 호흡 소리를 감지하곤 입가에 미소를 그렸다.

스릉!

그녀는 검을 꺼내더니 바닥에 아무렇게나 자란 풀을 베어 가기 시작했다.

쉭! 쉭!

검광이 번뜩일 때마다 잘려진 풀잎들이 좌우로 날아갔다.

풀잎이 잘려 나간 자리에는 길이 만들어졌다. 그 길은 곧 장 장권호가 있는 초가로 향했다.

"멈춰!"

날카로운 소성과 함께 그녀 앞에 백색 가면을 쓴 서영아가 모습을 드러냈다. 오 장여의 거리를 두고 선 서영아는 경계 하듯 상당한 기도를 발산하고 있었다.

"어머! 놀라라."

서영아를 아는 듯 이십 대 여인은 짐짓 매우 놀랍다는 표 정으로 서영아를 쳐다보았다. 그러다 반가운 표정으로 다시 말했다.

"정말 오랜만에 보는 얼굴이네. 아니, 가면이라고 해야 하 나? 내가 준 가면이지만 지금 생각해도 정말 잘 어울리는 것 같아."

"추소려……."

서영아는 가면을 오른손으로 만지며 싸늘한 목소리로 그녀의 이름을 중얼거렸다.

추소려는 서영아의 거대한 살기에도 표정의 변화가 없었다. 그저 재미있는 물건이라도 보는 듯한 시선이었다.

"그동안 어떻게 지냈지? 나 없는 동안 외롭지는 않았어? 나는 네가 없어서 상당히 외롭고 심심했는데……."

그녀의 질문에 서영아는 허리춤에 차고 있던 연검을 뽑아 들었다.

웅! 웅!

연검이 바람에 흔들리며 진동 소리를 만들었다. 그 소리에 추소려의 아미가 살짝 찌푸려졌다.

"여긴 어떻게 왔지?"

서영아의 물음에 추소려는 한 걸음 앞으로 나섰다. 그러자 서영아가 본능적으로 한 발 물러섰다.

"어떻게 오긴, 친구가 보고 싶어서 왔지. 여긴 너와 나의 비밀스러운 장소였잖아? 네가 탈출했다고 들었을 때 갈 곳이 여기라고 생각했었어."

"친구라…… 헛소리 작작하시지."

서영아의 입에서 낮은 목소리가 흘러나왔다. 가면 너머의 서영아가 어떤 표정을 그리고 있는지 상상하는 게 즐거운 듯 추소려는 여유 있는 표정으로 다시 말했다.

"오랜만에 보는 친구에게 정말 너무하는군. 나는 그래도 친구가 보고 싶어서 이렇게 왔는데 말이야. 더욱이 혼자서."

혼자라는 말을 강조하며 추소려가 미소를 보였다.

서영아의 눈동자가 주변을 살피기 시작했다. 그녀의 혼자라는 말 때문이다.

"간이 부었구나, 감히 내 앞에 혼자 나타나다니."

"어머! 그런 말을 하다니 정말 너무하는군. 나는 그저 친구가 걱정되어서 온 것뿐이야. 어떻게 하면 내 말을 믿을 거니? 내 목이라도 줘야 하니?"

"목이라도 바치면 믿어주지."

서영아의 말에 추소려는 아미를 찌푸렸다.

"내 목을 주고는 싶은데…… 그럼 내가 죽잖아? 그건 좀 너무 심한 게 아닐까?"

"그럼 한쪽 팔이라도 잘라. 정말 네가 나를 친구로 생각한다면 그 오른팔을 잘라, 내 얼굴을 이렇게 만든 그 오른팔을."

싸늘한 서영아의 목소리에 추소려는 입술을 깨물더니 실망스러운 표정을 보였다.

"미안해서 어쩌지? 이 오른팔도 내가 써야 해서 말이야. 아직 네 얼굴에 상처를 만들 자리가 남아 있잖아? 내가 아니면 누가 네 얼굴에 상처를 만들어주겠니? 이 오른손이 아니면 말이야.”

말을 하는 중간 추소려가 차가운 미소를 입가에 걸었다.
그런 그녀의 기도가 강렬하게 서영아의 전신으로 쏘아져 왔
다.

서영아는 추소려의 무공이 생각 이상으로 강할지 모른다
고 여겼다. 몇 년 전과 전혀 다른 무거우면서 날카로운 기운
이 그녀에게서 느껴졌기 때문이다.

‘적어도 장로 급…….’

문득 머리를 스치는 생각이었다.

“뭐, 좋아! 네가 정 내 팔을 원한다고 하니 오른팔은 그렇
고, 이 왼팔을 줄게.”

슥!

추소려는 정말 주려는 듯 왼팔을 앞으로 내밀었다. 추소려
는 눈까지 감으며 말했다.

“이 팔을 잘라. 네 화가 풀린다면 기꺼이 줄게. 그게 친구
에게 사죄하는 내 마음이니까. 네 원한이 이 팔 하나로 풀렸
으면 좋겠다.”

“…….”

서영아는 추소려의 행동에 눈을 가늘게 떴다. 추소려는 결
코 작은 것 하나라도 희생할 여자가 아니었다. 오직 자기만
아는 여자였다. 그런 추소려가 갑자기 저렇게 행동하니 조심
할 수밖에 없었다.

슬쩍 한쪽 눈을 뜬 추소려가 여전히 경계하는 모습으로 서 있는 서영아를 발견하곤 다시 말했다.

"이렇게 왼팔을 주겠다고 말할 때 가져가는 게 좋아, 마음 변하기 전에. 이미 각오하고 온 것이니까."

"웃기는군."

"나도 사람이야. 네게는 죄책감을 가지고 있어. 솔직히 너를 다시 만나면 이렇게 하고 싶었어. 평생 가슴속에 죄책감을 가지고 살 수는 없으니까. 이렇게 해야 내 마음이 편할 것 같아. 왼팔이야 쓸 데가 없으니 가져간다 해도 원망하지 않을게. 어서, 마음 변하기 전에!"

무방비 상태로 추소려가 왼팔을 다시 한 번 앞으로 내밀었다. 자신의 말처럼 지금 빨리 가져가라는 듯 보였다. 서영아가 그 모습에 다시 말했다.

"검을 옆에 던져."

서영아의 말에 추소려가 오른손에 든 검을 한 번 본 후 옆으로 삼 장 가까이 던졌다.

풀밭에 검이 떨어지는 것을 확인한 후 서영아는 조심스럽게 한 발 다가섰다. 그러자 추소려가 다시 말했다.

"어서 가져가. 이렇게 들고 있는 것도 힘드니까. 내 마음이 변하기 전에 가져가는 게 좋아."

"후후……."

서영아는 추소려의 말을 들으며 한 발 더 다가섰다. 그리

고 그녀가 검을 잡기까지의 시간을 생각하며 다시 한 발 다
가섰다. 사 장의 거리를 두고 다가섰을 때 서영아가 번개처
럼 앞으로 검을 뻗었다.

"머리를 가져가마!"

쉬악!

서영아는 섬전처럼 앞으로 뻗어 나가며 추소려의 머리를
베어갔다.

추소려는 눈을 뜨고 검의 빛이 백색의 물결을 그리며 사선
으로 다가서는 것을 쳐다보았다. 그녀는 전혀 움직일 생각이
없는 듯했다.

쉬악!

검이 바람처럼 추소려의 목을 찔러갔다. 서영아의 눈빛이
불처럼 타올랐다. 불과 반 장의 거리에 추소려의 머리가 있
었다. 조금만 더 다가서면 추소려의 머리를 자를 수 있었다.

그때 서영아의 발등을 뚫고 검날이 튀어나왔다.

퍼퍽!

"……!"

서영아의 눈동자가 부릅떠졌다. 검날이 추소려의 목 옆에
서 흔들렸다.

추소려는 뒤로 한 발 물러섰다. 그리곤 왼손을 뻗어 서영
아의 검을 가볍게 밀었다.

"아악!"

서영아는 비명성을 터트리며 뒤로 물러서다 바닥에 주저 앉았다. 그녀의 양 발등을 뚫은 검날로 인해 이미 발은 피투 성이었다.

쉬쉭!

검은 옷을 걸친 두 명의 소녀가 바람처럼 다가들었다. 두 소녀는 주저앉은 서영아의 목에 검을 겨누었다.

뚝! 뚝!

그녀들의 검 끝을 타고 붉은 피가 흘러내렸다. 그 피는 서 영아의 옷을 적셨다.

추소려가 오른손을 풀숲으로 뻗었다.

슈악!

삼 장 밖에 떨어져 있던 검이 허공을 날아 추소려의 손에 들렸다. 추소려의 눈빛은 좀 전과 달리 차가웠고 섬뜩할 정 도로 한기를 뿌리고 있었다.

"이런, 내 주변엔 늘 호위가 있다는 것을 알 텐데? 나는 왼 팔을 주고 싶었는데 이들이 주면 안 된다고 하네."

추소려는 붉은 입술을 혀로 한 번 핥더니 마치 먹이를 보 는 맹수의 눈으로 서영아의 모습을 살폈다.

"네년이…… 나를 속였구나……."

"속은 네년이 병신이지."

추소려의 차가운 목소리에 서영아의 어깨가 다시 한 번 크 게 흔들렸다. 발의 아픔보다 추소려의 말이 더욱 큰 상처를 만들었다. 가슴속의 원한은 커졌고 감정은 크게 폭발하였다.

"하앗!"

서영아의 입에서 기합성이 터지며 앉은 자세 그대로 번개처럼 땅을 차 추소려의 면전으로 검을 찔러갔다.

추소려는 비웃듯이 좌측으로 몸을 피했다.

탁!

왼손으로 땅을 찬 서영아는 무릎으로 바닥을 딛고 섰다.

그 순간 두 명의 흑의소녀가 섬전처럼 서영아를 향해 달려들었다.

따다당!

금속음이 요란하게 울리며 무릎 꿇은 서영아와 두 소녀의 검들이 무섭도록 빠르게 교차하였다.

따당!

금속음과 불꽃이 튀기는 싸움을 지켜보던 추소려의 표정이 밝아졌다.

"호오, 꽤나 열심히 무공을 수련한 모양이야, 그 자세로 내 호위 둘의 검을 받아내다니."

추소려는 벌써 오십 합이 넘어가는 긴 싸움을 지켜보며 감탄했다. 곧 그녀는 검을 들고 앞으로 한 발 나섰다.

쉭!

그 순간 그녀의 신형이 마치 거짓말처럼 그 자리에서 사라졌다.

"물러서!"

추소려의 외침과 함께 좌우에서 서영아를 공격하던 두 호위가 뒤로 빠졌고, 그 틈으로 추소려의 검이 번개처럼 날아들었다.

서영아의 표정이 삽시간에 굳어지며 날아드는 검을 받아쳤다.

땅!

"큭!"

강력한 충격이 검면을 타고 손으로 전해져 오자 서영아는 자신도 모르게 몸을 뒤로 눕혔다. 그 위로 추소려가 지나치며 검을 밑으로 찍었다.

서영아 역시 검을 올려 추소려의 복부를 찔렀다.

따당!

금속음과 함께 두 번의 경합을 이루고 추소려가 지나치자 서영아는 재빠르게 상체를 일으켰다.

그 순간 두 개의 검날이 그녀의 시선에 잡혔다.

"이런!"

서영아는 재빠르게 회전하며 두 개의 검날을 쳐냈다. 그때 섬광 하나가 서영아의 몸을 뚫었다.

푹!

"아악!"

서영아의 입에서 비명성이 터지며 그녀의 몸이 뒤로 날아갔다. 그 자리에 추소려가 검을 내민 채 서 있었다.

"아버지의 비선검법은 빨라서 좋아."

"일섬광휘(一閃光輝)로군."

바닥에 쓰러진 서영아는 오른 어깨를 왼손으로 잡으며 이빨을 깨물었다. 오른 어깨에 뚫린 구멍에서 연신 피가 흘러내리고 있었지만 그녀는 흔들림을 보이지 않았다.

서영아의 목소리가 다시 흘러나왔다.

"일섬광휘는 목을 찔러야 하는데 아직 미숙한 모양이야. 다리를 움직이지 못하는 나를 상대로 겨우 어깨라니……."

추소려의 무공을 비웃기 위해 말한 서영아였지만 추소려는 입가에 미소를 그렸다.

"일부러 어깨를 찌른 거야. 그래야 가지고 놀 수 있으니까."

퍼퍽!

추소려의 말이 끝나는 순간 두 명의 호위가 서영아의 목에 검을 겨누었다. 그리곤 재빨리 연검을 발로 찼다.

서영아는 순식간에 일어난 일에 손을 쓸 수가 없었다. 무엇보다 자신의 한심함에 가슴을 때려야 했다.

"많이 컸구나. 감히 도망칠 생각도 하고 말이야."

"악!"

말과 함께 서영아의 머리카락을 움켜잡은 추소려는 전신을 떨고 있는 서영아의 가면 속 눈을 쳐다보았다. 서영아의 눈은 원한을 담고 추소려를 노려보고 있었다.

"전에 비해 확실히 달라진 것 같군. 보통 이 정도면 꼬리를 말고 빌 텐데. 후후, 확실히 도망친 모양이야, 내 손에서!"

마지막 말을 싸늘하게 중얼거린 추소려는 서영아의 머리를 바닥으로 강하게 밀쳤다.

퍽!

"큭!"

바닥에 쓰러진 서영아는 추소려를 올려다보았다. 추소려는 서영아의 복부를 찌르려는 듯 검을 들었다.

"다시 한 번 내 개가 되면 용서를 할 것 같은데…… 물론 해약도 줄 거고. 나는 너 같은 장난감이 필요해. 그것도 살아 있는."

추소려의 말에 서영아는 살기를 보이며 노려보았다. 그 순간 추소려가 검을 찍었다.

푹!

"……!"

서영아는 자신도 모르게 눈을 감았다. 하지만 아무런 고통도 느껴지지 않았다. 눈을 뜬 그녀는 검이 자신의 사타구니 사이에 박혀 있는 것을 보았다.

추소려는 서영아의 사타구니 사이로 검을 살짝 올리곤 검면을 타고 느껴지는 살의 감촉에 미소를 보였다.

"어떻게 할까, 이대로 몸의 반을 잘라 버릴까? 정확하게 양분해서…… 그것도 괜찮을 것 같은데. 아니면…… 여기만 도려낼까?"

"네, 네년을……."

서영아의 전신이 크게 흔들리기 시작했다. 하지만 움직일 수가 없었다. 그저 추소려만 노려볼 뿐이었다.

주룩!

그녀의 가면 너머에서 눈물방울이 흘러내렸다.

"가면을 벗겨."

추소려의 명령에 호위 중 한 명이 가면을 벗겼다.

"……!"

"헉!"

서영아는 눈을 감았다. 자신의 얼굴에 수많은 자상을 낸 장본인 앞에서 아무것도 못하는 자신의 나약함에 화가 났다. 자신을 보고 놀란 호위들의 비웃음이 들리는 듯했다.

"예쁘지?"

추소려의 목소리에 호위들은 서로의 얼굴을 바라보다 고개를 끄덕였다.

"예, 아가씨."

추소려는 싱긋 웃으며 말을 이었다.

"내가 만든 얼굴이야. 지금 봐도 예쁜 것 같아."

추소려는 마치 자신이 조각한 조각품을 감상하듯 서영아의 얼굴을 이리저리 살폈다. 그러다 갑자기 차가운 목소리로 서영아에게 향하는 말을 했다.

"이번이 마지막이야…… 잘 생각해. 내 개가 될 것이라고 맹세해. 그럼 네가 도망친 것도 용서해 주지. 어때? 이번이 마지막이라는 것을 절대 잊지 말라고. 나는 인내심이 그렇게 많은 사람이 아니라서…… 그리 오래 기다릴 수가 없어."

슥!

말을 하며 추소려의 검이 다시 한 번 서영아의 사타구니 사이를 압박했다.

서영아는 눈을 감으며 전신을 떨었다. 문득 자결이란 생각이 머리를 때렸다. 이렇게 굴욕을 당하며 살아갈 것이라면 차라리 자살하는 게 낫다고 생각했다.

서영아는 눈물을 흘리며 혀를 물었다. 복수조차도 할 수 없는 자신이 한심했기 때문이다.

그때였다.

"독한 년이군."

퍼퍽!

"……!"

번개처럼 흐릿한 신형이 나타나더니 추소려의 두 호위가 뒤로 날아갔다.

추소려가 눈을 부릅뜬 순간 그녀의 눈앞에 커다란 손바닥이 나타났다. 추소려는 본능적으로 검을 들어 장영을 막았다.

쾅!

"큭!"

장과 검이 부딪쳤는데 폭음이 터졌다.

부딪친 힘에 뒤로 날아간 추소려는 허공에서 몸을 돌려 충격을 분산시키며 바닥에 내려섰다.

"감히!"

추소려의 싸늘한 눈동자가 갑자기 나타난 사내를 응시했다.

장권호가 서영아를 안아 가면을 씌워주면서 말했다.

"네가 나를 여기로 데려온 것이냐?"

서영아가 고개를 끄덕이자 장권호는 입가에 미소를 그렸다.

철저하게 무시당한 추소려가 재차 다그쳤다.

"누구냐!"

"시끄러."

장권호가 고개도 돌리지 않고 추소려에게 일갈하더니 서영아의 상처를 지혈한 후 자리에서 일어섰다.

그제야 장권호의 시선이 추소려를 향했다.

그의 눈에서 강렬한 신광이 번뜩였고 거대한 기도가 추소려를 압박하기 시작했다.

"누구냐고 물었다!"

추소려는 장권호의 기도에 너무 놀랐다. 허나 표정은 차가왔고 눈동자도 흔들림이 없었다. 오히려 살기를 담았다.

그 살기에 장권호가 싸늘한 표정을 보이며 물었다.

"귀문인가?"

귀문이냐는 물음에 추소려는 가슴을 펴며 대답했다.

"내 아버지가 귀문주이시지. 내 말 몇 마디면 네놈의 목숨쯤은 파리처럼 굴릴 수가 있어."

귀문의 위명을 잘 아는 그녀였기에 귀문을 이용했다. 보통 귀문주의 딸이란 소리를 들으면 꼬리를 마는 사람들이 대다수였기 때문이다.

허나 장권호의 표정을 보니 그런 부류와는 다른 사람처럼 보였다.

"잘됐군. 네 목숨을 담보로 귀문주를 만나야겠다."

쉭!

말이 끝남과 동시에 장권호의 신형이 유령처럼 추소려의 눈앞에 나타났다. 추소려가 그 모습에 놀라 뒤로 물러섰다.

팡!

추소려의 잔상이 장권호가 뻗은 장영에 흩어졌다.

추소려는 인상을 굳히며 놀라운 장권호의 움직임에 긴장하기 시작했다. 빠르면서도 장영(掌影)에 스며든 힘이 무시 못할 정도로 강력했기 때문이다.

추소려의 우측에서 장권호의 신형이 나타남과 동시에 왼손바닥이 복부로 다가왔다.

추소려가 옆으로 물러서며 검날을 내렸다.

팍!

"윽!"

검날로 장영을 막았을 뿐인데 마치 육중한 바위에 부딪친 것 같은 충격이 복부를 때렸다. 추소려는 자신도 모르게 허리를 꺾으며 물러섰다.

"대체 누구기에……."

추소려가 비틀거리자 장권호는 손을 거두었다.

장권호는 추소려의 안색이 하얗게 변해가자 자신의 파쇄공에 내상을 입은 사실을 알았다.

그때 쓰러져 있던 두 사람이 어느새 정신을 차리고 장권호를 향해 달려들었다.

쉬쉭!

바람 소리와 함께 검날이 좌우에서 찔러오자 장권호는 뒤로 한 보 물러섬과 동시에 좌우로 양손을 뻗었다.

퍼퍽!

"아악!"

"큭!"

비명과 신음이 교차하며 두 그림자가 달려올 때보다 더욱 빠르게 뒤로 날아갔다. 그녀들 역시 바닥을 몇 번 구르다 복부를 잡았다.

"욱!"

"우엑!"

피를 한 사발씩 토하며 전신을 떨던 그녀들은 곧 숲 속으로 모습을 감추었다.

장권호는 추소려 역시 이들이 달려드는 순간 도망친 것을 알고 있었다. 하지만 뒤따라가지는 않았다. 자신 역시 아직 완벽하게 회복된 것이 아니기 때문이다.

또한 서영아의 상태가 위중했기에 그녀를 돌보는 것이 우선이라고 판단했다.

장권호는 잠시 주변을 살피다 아무도 없다는 것을 확인하고는 곧 신형을 돌려 쓰러져 있는 서영아를 안아 들었다.

"위중하니까 입은 열지 마."

장권호의 말에 서영아가 말없이 고개를 끄덕였다.

장권호는 서영아의 마혈과 수혈을 짚으며 빠르게 움직였다. 일단 이곳을 벗어나야 할 것 같았다.

타닥! 탁!

장작이 타는 소리에 눈을 뜬 서영아는 주변을 둘러보았다. 어둠뿐인 숲 속에서 모닥불만이 반짝이고 있었다.

주변에 사람의 인기척은 없었다. 단지 맞은편 자리에 요가 깔려 있는 것으로 보아 사람이 있었다는 것을 알았다.

"……?"

서영아는 몸을 움직이다 자신의 몸이 예전과는 다르게 상당히 활력이 돌고 기운이 넘친다는 것을 알았다. 기분 또한 상당히 좋았다.

"윽!"

상쾌한 기분에 기지개를 켜다 오른 어깨에서 느껴지는 극렬한 통증에 신음을 흘렸다.

"아직 움직이지 않는 게 좋아. 발도 그렇고 어깨도 그렇고…… 상처가 아물 때까지는 수일이 걸릴 거야. 그때까진 좀 참아."

말소리와 함께 장작을 구해온 장권호가 맞은편에 앉았다.

"여긴 어디예요?"

"수역산."

"아…… 헉!"

고개를 끄덕이던 서영아는 이내 매우 놀란 표정으로 장권호를 쳐다보았다. 수역산은 감숙성과 섬서성의 경계에 있는 산이었기 때문이다. 자신이 추소려 일행에게 공격당한 곳에서 이천 리나 떨어진 곳이었다.

"제가 며칠 동안 잠을 자고 있었나요?"

"이틀 정도?"

"그런!"

장권호의 말에 다시 한 번 서영아는 놀랐다. 겨우 이틀 만에 이천 리의 거리를 움직였다는 뜻이었기 때문이다.

그것도 자신을 데리고 말이다.

서영아의 눈동자가 매우 신기한 사람을 보듯 장권호를 쳐다보았다. 믿을 수 없는 말들을 아무렇지도 않게 내뱉는 그가 매우 낯설었기 때문이다.

자신이라 해도 이천 리를 이틀 만에 움직일 수는 없었다. 아니, 불가능이었다.

"믿을 수가 없어요……. 이틀 만에 수역산이라니……. 혹시 요술을 부린 건가요?"

서영아의 물음에 장권호는 나뭇가지 사이로 생닭을 꼬치처럼 꿰더니 불 위에 올리며 말했다.

"귀문에서 멀어지려 한 것뿐인데 어쩌다 보니 여기까지 오게 되었어."

장권호는 별일 아니라는 듯 담담하게 대꾸했다.

"이틀 만에 수천 리를 움직인 사람에 대해선 들어본 적이 없어요."

"그럼 처음 보는 모양이야?"

장권호가 모닥불에 장작을 더 넣었다.

"그런 쓸데없는 말은 그만하고, 그 여자는 누구지? 왜 네게 그렇게 악독하게 구는지 모르겠군."

"제 원수예요."

"……!"

장권호가 그 말에 눈을 빛냈다. 서영아의 얼굴을 본 이상 그 상대가 얼마나 악독한 사람인지 짐작하고는 있었다.

"잘되었군, 그때 내가 죽이지 않아서. 이건 네 손으로 해결해야 할 문제니까."

"고맙군요."

서영아가 그 말에 낮게 중얼거렸다.

"그런데 몸이 상당히 가벼워졌어요. 제 몸에 요술이라도 부렸나요?"

"아니, 내가 가지고 다니던 장백신단을 먹였을 뿐이야. 내상에 매우 좋은 약이지. 물론 내공 증진에도 효험이 있고."

"정말인가요?"

"물론."

장권호가 미소를 그리며 말했다.

"네게 도움이 될 거야."

서영아는 그 말에 고개를 끄덕였다.

하지만 장백신단에 대해 아는 사람이 들었다면 상당히 놀랄 일이었다. 장백신단의 주재료가 바로 장백삼이었기 때문이다. 그것도 백 년 이상의 장백삼으로 만든 게 장백신단이었다.

일반 사람이 먹으면 만병을 고치고 백년장수한다고 알려진 신단이었다. 무인이 먹으면 내력 증진과 함께 모든 독을 없애주는 영단이라 알려져 있다.

장권호도 단 세 알만 가지고 다니는 귀한 신약이었다. 그런 영단을 서영아에게 한 알 먹인 것이다.

"내 생명을 구해준 은인에게 주는 것치고는 싼 편이니 마음 쓰지 말라고."

"그래도 고맙네요. 제게 이렇게 잘해준 사람은 당신이 처음이에요."

"나를 도와줬으니 나도 도와야지."

장권호는 당연하다는 듯 말했다.

그사이 닭고기가 익어가며 기름이 타는 소리가 들렸다. 금세 절로 침이 넘어갈 만큼 고소한 냄새가 퍼지자 서영아는 배를 잡았다.

"배가 고프네요."

"아직 안 익었으니까 조금 기다려."

장권호의 말에 서영아가 얌전한 강아지처럼 고개를 끄덕였다.

장권호는 다시 한 번 미소를 보이더니 문득 생각난 듯 말했다.

"내가 쓰는 무공 중 일원공(一元功)이라는 심법이 있어. 일원공은 모든 만물을 하나로 보고, 모든 만물이 하나가 되는 방법에 대한 심득을 얻음으로써 내력을 모으는 무공이지."

무슨 말인가 싶어 서영아는 조용히 귀를 기울였다.

"네가 의식을 잃고 있을 때 일원공으로 전이대법을 펼쳤거든. 그때 녹색 물을 토해내더군. 냄새도 고약했지."

"……!"

장권호의 말이 끝나는 순간 서영아의 전신이 굳어졌다.

"그게…… 무슨 말이에요? 정말…… 제 몸에서 녹색 물이 나왔나요?"

"그래. 그게 정확하게 뭔지는 모르겠지만 네 몸에 있던 독과 상관이 있지 않나 해서 말이야."

장권호는 말을 하며 상당히 고민스러운 표정을 지었다. 마치 물이 살아 있는 것 같았기 때문이다. 끈적거리면서 이리저리 움직이는 게 너무 혐오스러웠다. 양강의 내력으로 태워 흔적을 없앴지만 상당히 기분이 나쁜 기억으로 남아 있었다.

장권호의 이야기를 들으며 표정을 바꿔가던 서영아가 입을 열었다.

"그건…… 일종의 고독과 비슷해요. 하지만 고독처럼 숙주의 명령을 따르는 독은 아니에요. 일정한 시간이 되면 미친 듯이 발광하는 충(蟲)이라 생각하면 될 거예요. 저도 정확한 명칭은 몰라요. 단지 수정궁에서 키운다는 것밖에는……."

"그랬군. 전에 네가 해약을 먹어야 한다는 이유도 그 때문이었군."

"예, 맞아요."

서영아의 대답에 장권호는 팔짱을 끼며 고개를 끄덕였다.

"과연 중원엔 신기하고 기이한 것이 많아."

그 말에 서영아가 어이없다는 듯 말했다.

"제가 볼 때 기이하고 신기한 것은 바로 당신이에요. 아무렇지도 않게 내 몸에 있는 독을 없앴잖아요. 지금까지 이 독을 없앤 사람이 있다는 얘긴 들어본 적이 없어요. 나 역시 그 해약을 찾기 위해 귀문에 있었던 것이구요. 이렇게 쉬웠다면 진작에 당신에게 부탁했을 거예요."

서영아의 말에 장권호는 그저 담담히 미소만 보일 뿐이었다. 그 역시 설마 이런 식으로 중독된 서영아를 고칠 수 있을 줄은 몰랐기 때문이다.

문득 장권호는 생각난 듯 서영아의 가면 너머의 눈동자를 바라보며 말했다.

"내 생명을 구해주었으니 나 역시 네게 뭔가를 해줘야 할 것 같다."

"제 목숨을 구해주셨어요. 그것만으로도 충분해요. 거기다 독까지 없애주었구요. 저는…… 정말…… 너무 감동해서……."

그녀는 잠시 몸을 떨다 눈물을 떨구었다.

슥!

서영아가 자리에서 일어나 대례를 올리기 시작했다. 발이 아파 몸을 비틀거리는 했어도 그녀는 마음을 다해 절을 했다.

바닥에 엎드린 그녀는 조용히 말했다.

"제게…… 새 생명을 주신 분이세요. 이제부터 제가 주인님으로 모실게요."

장권호는 갑작스러운 그녀의 행동과 말에 어떤 말을 해야 할지 몰라 망설였다. 곧 서영아가 고개를 들며 말했다.

"제가 비록 얼굴이 못나 주인님 앞에서 가면을 벗지 못하지만…… 마음과 몸을 다해 주인님을 모실게요. 제 생명은 이제부터 주인님의 것입니다. 그게 제가 이 은혜를 갚는 길이에요."

장권호는 그 말에 가만히 미소를 보인 후 말했다.

"그것도 나쁘지는 않겠지. 알았으니까 일단 앉아봐. 발도 뻗고. 아직 다 아물지 않았으니까."

"예."

서영아가 그 말에 다리를 뻗고 앉았다. 그러자 장권호가 다시 말했다.

"네가 정 그렇게 하고 싶다면 말리지는 않겠어. 하지만 너역시 내 생명을 구한 것 또한 사실이야. 내가 아직 강호의 경험이 미숙해 지금 생각해도 참 한심하게 당한 것 같다. 다시는 그런 일이 없어야겠지."

장권호는 조용히 말한 후 곧 서영아의 가면 너머의 눈을 주시하며 말했다.

"네게 일원공을 가르쳐주마."

"일원공이요?"

"그래."

장권호가 고개를 끄덕이자 서영아의 눈동자가 반짝였다.

자신의 몸에서 독을 뱉어내게 했던 무공을 가르쳐준다는 말에 절로 반응한 것이다.

"일원공을 배우는 순간 오직 일원공만 익혀야 할 거야. 그러다 보면 네 몸에 남아 있는 다른 내력과 절로 융합할 테고…… 분명 너는 네 꿈을 이룰 것이다. 물론 그 시기는 네하기에 달렸지만."

"무슨 말인가요? 제 꿈이라니요?"

"얼굴의 상처…… 없애고 싶지 않아?"

장권호가 미소를 보이자 서영아가 전신을 떨었다. 믿을 수 없는 말을 장권호가 아무렇지도 않게 뱉어냈기 때문이다.

"없애고…… 싶어요……."

떨리는 목소리로 서영아가 말하자 장권호는 고개를 끄덕였다.

"일원공을 익히다 보면 자연스럽게 그렇게 될 거야."

"저, 정말인가요?"

"나는 거짓을 말하지 않아."

장권호의 말이 이어졌다.

"물론 평생 걸릴지도 몰라. 하지만 네 능력이면 충분히 십년 안에 이룰 거라 본다."

"감사합니다…… 주인님."

서영아가 고개를 숙이며 어깨를 떨었다. 장권호와의 만남은 자신에게 새로운 삶의 시작이었고 희망이었다.

무엇보다 장권호가 익히고 있다는 일원공은 분명 대단한 신공일 게 분명했다. 그렇지 않다면 어떻게 이틀 만에 이천 리를 이동할 수가 있었겠는가?

자신이 볼 때 장권호는 분명 대단한 고수였다. 아니, 상상 이상의 고수라 생각되었다.

"앞으로 며칠 동안 네게 일원공을 전수할 테니 잘 배워야 한다."

"예."

서영아가 밝은 목소리로 대답했다.

*   *   *

"서쪽으로 이동한 것은 확실하나 이 주변에는 없습니다."

수하의 보고에 추소려는 짜증스러운 표정으로 검을 들었다.

"찾아! 어떻게 해서라도 찾아!"

추소려의 외침에 주변에 서 있던 수하들이 일제히 몸을 움직였다.

그들이 사라지자 추소려는 화풀이하듯 옆에 서 있는 나무의 기둥을 베었다.

팍!

검이 매끄럽게 나무 기둥을 지나치자 추소려는 신경질적

인 표정으로 발을 들어 나무를 찼다.

우르르르!

나무가 쓰러지며 숲 속에 큰 울림을 전했다. 추소려는 어깨를 떨었다.

잠시 그렇게 서서 어깨를 떨다 곧 호흡을 가다듬었다. 그녀는 자신도 모르게 왼손으로 복부를 만지며 아미를 찌푸렸다.

그녀의 머릿속에 장권호의 장영이 옆구리를 스쳐 지나가는 모습이 그려졌다. 단지 그렇게 스쳤을 뿐이었다. 하지만 복부에는 커다란 멍자국이 생겼다.

"윽!"

추소려는 호흡을 하다 밀려오는 고통에 허리를 숙였다. 복부와 함께 옆구리도 아파왔다. 오른 옆구리는 장권호의 장영을 검으로 막았을 때 멍이 생긴 자리였다.

지금까지 살면서 이렇게 심한 상처를 입어본 적은 없었다. 그것이 그녀는 분노케 했다. 어떻게 해서라도 그를 잡아 죽이고 싶었다.

"일단 마을에 내려가 몸을 추스르고 기다려야 할 것 같습니다. 지금 이 상태로 적을 만난다 한들 저희에게 불리합니다. 내상 또한 치료해야 하구요."

옆에 있던 호위의 말에 추소려는 눈에 살기를 띠었다. 그러자 호위가 고개를 숙였다.

"네년들이 못났기 때문에 이런 일이 생기지 않았느냐!"

"죄송합니다."

호위들이 추소려의 살기에 다시 한 번 고개를 숙였다. 시선을 마주할 수가 없었다. 그 모습에 곧 추소려는 길게 한숨을 내쉬더니 허리를 펴며 말했다.

"그래…… 일단 마을로 내려가자. 뜨거운 물에 몸을 담그고 싶다."

"안내하겠습니다."

두 명의 호위가 앞서 길을 잡아 나갔다. 헌데 산길을 걷는 세 사람의 뒷모습이 조금 기이했다. 모두 복부를 잡고 비틀거리며 걷고 있었던 것이다. 마치 나이 지긋한 할머니들 같은 모습이었다.

         *   *   *

적막하게 내려오는 빗물은 대지를 적시고 있었다. 동굴 밖을 바라보던 장권호는 나뭇가지를 베어와 동굴 입구 주변에 둥글게 담을 쌓아 올렸다. 그리고 지붕을 잎이 무성한 가지들로 채웠다.

높이가 꽤 있어 모닥불을 피워도 불길이 닿지 않을 높이였다. 장권호는 동굴 입구에 불을 피웠다.

연기가 맴돌아 동굴로 들어가지 않고 나뭇잎 사이를 타고 위로 올라갔다.

빗물도 거의 떨어지지 않아 천연의 지붕이라 할 수 있었다.

"동굴이 깊지 않은 모양이야?"

안쪽에서 걸어나오는 서영아를 바라보며 장권호가 묻자 그녀가 고개를 끄덕이며 옆에 앉았다.

"예. 삼 장 정도 깊이예요. 누군가 인공적으로 파낸 것 같기도 하고요."

"그래?"

"비나 맹수를 피하기 위해 파놓은 것 같아요."

서영아의 말에 장권호는 미소를 보였다.

서영아는 나뭇가지로 이루어진 높은 천장과 주변을 둥글게 쌓아 올린 둥지 같은 모습에 신기한 듯 말했다.

"이런 것은 처음 봐요. 통풍도 잘되고. 밖에서 볼 때는 어떤가요?"

"나가서 확인해 보면 알 거야. 가까이 오지 않는 이상 여기에 사람이 있다는 것을 발견하기는 어려워."

장권호의 말에 서영아가 비를 맞으며 밖으로 나가 주변을 확인하고 돌아왔다. 그녀는 안으로 들어와 말했다.

"확실히 연기만 빼면 알지 못하겠네요."

"지금은 비가 오니까 연기가 보이지만 비가 안 오면 연기도 잘 안 보일 거야."

"확실히…… 마른 장작을 태우면 연기가 덜 나지요. 그럴 것 같아요."

서영아는 대답하며 동굴 안쪽으로 들어가 앉았다. 조금씩 동굴 안쪽에 온기가 느껴지는 것이 피부로 전해졌다. 동굴 밖의 둥지가 불의 뜨거운 기운을 내보내지 않는 듯했다.

"여기서 당분간 지내도록 하지. 네 몸이 다 나을 때까지 말이야. 그동안 일원공도 가르쳐줄 테니."

"감사합니다."

"잠깐 쉬고 있어, 마을에 다녀올 테니까."

"예."

장권호는 곧 자리에서 일어나 밖으로 나갔다.

그가 멀어지는 소리를 들으며 서영아는 가면을 벗었다. 자신의 얼굴을 손으로 만지며 그녀는 어깨를 떨었다.

"눈앞에 두고도……."

서영아는 입술을 깨물며 고개를 숙였다.

추소려에게 또다시 당하고 자신이 아무것도 못한 것이 너무 분하고 원통했다.

그녀는 그렇게 한참 동안 어깨를 떨었다.

*   *   *

환골탈태(換骨奪胎).

내공의 경지가 삼화취정과 오기조원을 지나 노화순청의

경지에 이르는 말이었다.

뼈와 살이 새롭게 짜 맞추어지고 피부가 새롭게 태어난다. 머리카락은 다시 자라고 이빨 역시 또다시 솟구친다.

장권호가 서영아에게 바라는 것이 바로 환골탈태의 경지였다.

환골탈태를 하게 되면 분명 서영아는 새로운 사람으로 태어날 것이다. 그러기 위해선 상상할 수도 없을 만큼 엄청난 내력을 지니고 있어야 한다.

평생 걸릴 수도 있고, 어쩌면 죽는 순간까지 이루지 못할지도 모르는 경지였다. 천하에 널리고 널린 수많은 무인들 중 과연 몇이나 이러한 경지를 경험했을까? 아마 손에 꼽을 것이다.

또한 무림의 역사를 통틀어 환골탈태를 경험한 무인은 한 시대에 열 명이 되지 못하였다. 그만큼 어려운 경지였다.

그것을 서영아가 이룰 수 있을까?

장권호는 서영아라면 분명히 이룰 거라 생각했다.

그녀의 내력이 적어도 한 갑자에 달했고, 이제 갓 이십 대 초반으로 보이는 그녀의 무공이 절정의 경지를 보였기 때문이다. 이는 쉽게 이룰 수 없는 경지였다. 천부적인 재능이 있어야 했다.

서영아는 충분히 환골탈태하여 새롭게 태어날 수 있을 만한 재능이 있는 여자였다.

그게 장권호가 일원공을 전수하려는 이유였다.

일원공은 장백파의 제자가 되면 익히게 되는 가장 기본적인 무공이면서 가장 어렵고 평생 익혀야 하는 무공이었다.

장백파의 모든 근간이 일원공에 있다고 해도 과언이 아니었다.

                    *   *   *

마을에서 돌아온 장권호는 음식 보따리와 요 등을 내려놓은 후 품에서 홍색의 비단 끈 두 개를 꺼내 서영아에게 내밀었다.

"머리 좀 정리해라."

장권호가 내민 끈을 본 서영아는 잠시 가만히 있더니 재빠르게 받아 쥐고는 머리카락을 정리하기 시작했다.

"무공을 수련할 때나 실전에서나 머리카락이 눈을 가리면 낭패일 테니까."

장권호의 말에 서영아는 고개를 끄덕였다. 장권호는 포자를 꺼내 먹으며 머리를 정리하는 서영아를 쳐다보았다.

서영아는 장권호의 시선을 의식한 듯 동작이 느렸다. 어느 정도 시간이 지나자 양 갈래로 정리한 서영아가 창피한지 고개를 돌렸다.

장권호가 포자 하나를 다 먹고 입을 열었다.

"이제부터 잘 들어, 일원공의 구결을 말해줄 테니까. 모두 외워야 한다."

"예."

서영아가 그 말에 눈을 반짝이며 자세를 고쳐 앉았다. 곧 장권호가 일원공의 구결을 말해주기 시작했고, 서영아가 눈을 빛내며 경청하였다.

어느새 어둠이 내리고 비도 그쳤다. 나뭇잎 사이로 물방울이 하나씩 떨어졌다. 그 소리를 들으며 밤을 보낸 장권호는 가부좌를 한 채 여전히 눈을 감고 있는 서영아를 한번 바라보았다.

운기조식을 하며 일원공의 기운을 모으고 있는 그 모습에 만족하며 다 꺼진 불을 다시 살리기 시작했다.

얼마 지나지 않아 다시 불을 피운 그는 주변 공기가 훈훈하게 변하자 벽에 기대어 앉았다.

장권호는 건포를 꺼내 씹기 시작했다. 건포의 짭짤한 맛을 느끼며 서영아가 눈을 뜨길 기다렸다.

서영아가 눈을 뜬 것은 입에 넣은 건포가 한참 동안 씹힌 후 목을 타고 넘어갈 때였다.

"맛있나요?"

서영아의 목소리에 장권호는 손에 쥔 남은 건포를 서영아에게 건네며 말했다.

"맛있지."

장권호의 단순한 대답에 서영아는 건포를 입에 넣고 씹었다. 육즙이 침과 함께 고이더니 목을 타고 넘어갔다.

서영아는 건포를 씹으며 아랫배를 살살 만졌다. 전과는 다르게 청명한 느낌의 기운이 느껴졌기 때문이다. 자신이 겪어보지 못한 상승의 무공이란 것이 피부로 전해져 왔다.

"주인님은 스스로 독을 중화시키고 하루에 천 리를 이동할 정도로 대단한 능력을 지니신 분이세요. 제가 상상하는 것보다 더 대단한 분이신 것 같아요."

"부지런히 수련을 한다면 네게도 불가능한 일은 아니다."

장권호의 말에 서영아는 고개를 끄덕였다. 거짓이 없어 보이는 장권호의 눈빛이 일원공에 대한 믿음을 전해주었다.

"제 얼굴의 상처가 사라진다는 것은 제가 환골탈태했다는 뜻이겠지요?"

그 말에 장권호는 미소를 보이며 대답했다.

"네가 환골탈태하게 된다면 분명 너는 새로운 자신을 보게 되겠지. 그리고 그때 나를 찾으면 된다."

"예?"

"나는 해야 할 일이 있기에 이제 떠나야 한다는 말이다."

"아……."

서영아는 그 말에 장백파의 일을 떠올리며 수긍했다. 분명 장권호는 해야 할 일이 많은 사람이었다. 그리고 장백파의 일 때문에 강호에 나왔다. 그 사실을 잘 아는 서영아였기에 섭섭하기도 했지만 막을 방법이 없다는 것도 알았다.

"네가 일원공을 대성하면 그때 나를 찾아. 새로운 네 모습을 찾았을 때 나를 찾아오면 된다."

"그전에는 안 되는 것인가요?"

서영아의 물음에 장권호가 고개를 끄덕였다.

"그전에 찾아오면 만나지도 않겠지. 일원공을 대성한 후에 찾아오라는 말을 분명히 했으니까, 그 말을 들을 거라 믿는다."

"알겠어요. 그런데 제가 일원공을 대성한 후에 어떻게 주인님을 찾아야 하나요?"

"네 능력이면 쉽게 찾을 거야."

장권호의 말에 서영아는 다시 한 번 고개를 끄덕였다.

"알겠습니다."

서영아의 대답에 장권호는 곧 엉덩이를 털고 일어섰다.

"나는 이만 가야겠다. 네게 해줄 수 있는 것은 여기까지인 것 같다. 잘할 수 있겠지?"

"예, 물론이에요."

"그래. 일원공을 대성한 네 모습을 보면 정말 기쁠 거다."

장권호의 말에 서영아의 눈동자가 반짝였다. 장권호의 목소리는 그저 담담했지만 듣고 있는 서영아의 귀에는 마치 절대적으로 따라야 하는 말처럼 들려왔다. 그리고 기분이 좋았다.

"그런데 어디로 가실 건가요?"

"귀문에 가려고."

"예? 귀문이오? 어렵게 나왔는데 그곳엔 왜……?"

"내 무기가 거기에 있거든."

장권호는 말을 한 후 미소를 보였다. 그는 동굴 밖으로 한 발 나서며 말했다.

"거기다…… 받은 만큼 돌려줘야 기분이 풀리는 성격이라서 말이야. 이만 작별하자. 후에 너와의 만남을 기다리마."

스륵!

장권호의 신형이 마치 흐릿한 안개처럼 그 자리에서 사라졌다.

서영아는 미처 인사도 하지 못하고 헤어지자 허탈함이 밀려왔다. 하지만 그의 마지막 말이 귓가를 맴돌자 눈을 빛내며 다시 가부좌를 한 채 운기하기 시작했다.

제4장

무례한 사람

세상에는 파렴치한 사람들이 많이 있다. 타인을 핍박하고 이용하면서도 그게 잘못된 것인지 전혀 모르는 사람들이다. 그게 당연하고, 마치 자기는 아무런 죄가 없다고 생각하는 사람들…… 그들은 양심도 없고 죄책감도 없었다.

그런 사람들을 몇 명 죽인 적이 있었다. 그런데…… 죽일 놈이라 불리고 세상에 살아봤자 해악만 끼치는 사람들인데도 기분은 더러웠다. 마치 내 자신이 냄새나는 오물통에 빠진 느낌이었다.

외출을 한다 해도 풍운회 밖으로 나가는 경우는 없었다.

그런 경우 호법원에서 미리 연락이 올 것이다.

양초랑은 오늘도 조선약의 거처에 머물며 하루를 보내고 있었다. 딱히 할 일은 없었으나 자신의 일이 이렇게 조선약의 거처에서 머무는 일이었기에 싫은 소리는 하지 않았다. 단지 무료한 게 자신과는 체질상 안 맞는 것이 아닌가 하는 생각을 하였다.

풍운회에서의 생활은 나쁘지 않았다. 식사도 나왔고 돈도 나왔으며 저녁에는 자유롭게 지낼 수도 있었다. 숙소도 나쁘지 않았으며 옷도 나왔다.

살면서 이렇게 편하게 지낼 수 있는 직업도 없을 거란 생각이 들었다. 문득 장권호와 장백파의 일이 떠올랐다. 시간이 날 때 가끔 알아보려 했지만 쉽게 소식을 접할 수가 없었다.

이런저런 생각을 하고 있을 때 희와 란이 다가왔다.

"자 총관님께 가기로 했어요. 준비하세요."

"나야 언제나 그렇지만 준비할 게 없어."

양초랑의 말에 희와 란이 고개를 끄덕이곤 안으로 들어갔다. 곧 분홍빛 경장의를 입은 조선약이 나왔다.

그녀의 모습에 양초랑은 다시 한 번 멍한 표정으로 쳐다보았다. 가끔 보는 얼굴이지만 여전히 그녀의 미모는 빼어나다는 생각이 들었다.

"따라오세요."

희가 말하자 양초랑은 정신을 차리곤 곧 그녀들의 뒤를 따라 걸었다.

조선약이 자청운과 마주 앉아 대화하는 동안 양초랑은 한쪽에 서서 집무실을 둘러보았다. 자청운의 검소함이 묻어나는 집무실이었고, 필요한 책들과 가구를 제외하면 이렇다 할 장식장도 없었다.

"지낼 만한가?"

자청운의 목소리에 양초랑은 고개를 돌려 그를 쳐다보았다. 자청운의 시선에 양초랑은 만족한 표정으로 말했다.

"아주 잘 지내고 있지요. 너무 편해 이대로 평생 있고 싶을 정도입니다."

양초랑의 말에 자청운은 미소를 보였다. 자청운의 귀에는 상당히 재미없다는 뜻으로 들렸다. 곧 그는 시선을 조선약에게 돌렸다.

"특별한 일이 아니면 나를 찾아오지도 않을 터인데 네가 많이 심심했던 모양이구나?"

자청운의 물음에 조선약은 미소를 보였다.

"그렇지도 않아요. 요즘 화(畵)에 빠져 며칠 그림만 그리고 있었어요."

"네가 시서화(詩書畵)에 능한 것이야 풍운회의 사람이라면 누구나 아는 사실인데 또 빠질 이유라도 있느냐?"

"이유는 없는 것 같아요. 그냥 좋으니까요."

"공(空)이로군. 후후, 배움에 있어서 가장 훌륭한 마음가짐이지."

자청운은 말을 하며 차를 한 모금 마셨다. 찻잔을 내려놓은 자청운이 다시 입을 열었다.

"그런데 나를 이렇게 찾아온 이유가 그림에 빠졌기 때문에 온 것은 아닐 터인데?"

자청운은 조선약이 강호의 일에 대해 궁금하거나 알고 싶을 때 자신을 찾아온다는 사실을 잘 알고 있었다.

오늘도 그러한 이유로 찾아왔다고 생각했다.

"잘 아시네요."

조선약의 말에 자청운은 웃음을 보이며 말했다.

"너를 안 지도 십 년이 넘었는데 모른다면 그게 이상한 것이겠지. 그래, 뭐가 궁금한 거냐?"

자청운의 독촉에 조선약은 입을 열었다.

"제가 궁금한 것보다 백옥궁에서 온 친구가 궁금해하는 거예요. 장백파에 관한 것이에요."

"장백파?"

자청운이 그 말에 눈을 빛냈다. 조선약이 그 모습을 눈에 담으며 물었다.

"장백파에 관한 일은 저도 들어서 어느 정도는 알고 있어요. 그런데 장백파의 장권호란 사람에 대해서는 아는 바가 없어요. 사실 장백파보다는 그 사람이 궁금해요. 혹시 아는 게 있는가 해서요."

조선약의 말에 자청운은 살짝 눈살을 찌푸렸다. 사실 장권호에 대해 많이 알지는 못했기 때문이다.

자청운은 곧 시선을 양초랑에게 던지며 말했다.

"나보다 저기 양 호법이 장권호에 대해선 더 잘 알 거라 생각하는데?"

"예?"

조선약이 그 말에 양초랑을 쳐다보자 양초랑은 그들의 시선에 안색을 바꾸며 말했다.

"갑자기 왜…… 장권호라니요?"

자청운이 그 말에 미소를 보이며 조선약에게 말했다.

"양 호법은 얼마 전까지 장권호와 함께 있었다. 궁금한 게 있다면 그에게 물어보아라."

"양 호법님, 정말인가요?"

"사실이오."

양초랑이 고개를 끄덕였다.

화려하지는 않지만 부족하지도 않은 내실에 앉은 양초랑은 주변을 둘러보았다. 아녀자의 내실에 들어온 것은 처음이라 그런지 사뭇 주변 공기가 다르다는 생각이 들었다.

"드세요."

차를 내미는 조선약의 손길에 양초랑은 찻잔을 들었다.

맞은편에 앉은 조선약은 양초랑을 바라보며 말했다.

"양 호법님과 지낸 지도 꽤 되었는데 이렇다 할 대화를 나눈 적은 없었네요."

양초랑은 고개를 끄덕였다.

"아무래도 나이가 비슷하다 보니 남들 시선도 있고 해서 대화를 나누는 게 불편하기는 해요."

"이해하오."

양초랑은 그 말에 부정하지 않았다. 안 그래도 호법원 내에서 조선약에 대해 이것저것 물어보는 사람들 때문에 귀찮았기 때문이다.

조선약이 다시 물었다.

"장권호란 사람에 대해 말해주시겠어요?"

바로 본론으로 들어가는 그녀의 질문에 양초랑은 입을 열었다.

"어떤 점을 물어보는 것인지 모르겠소. 귀문에서 헤어진 후 아직까지 소식을 듣지 못하였소이다."

오히려 양초랑이 되묻자 조선약은 안색을 바꾸며 눈살을 살짝 찌푸렸다. 하지만 한 가지 소식은 알았다. 그가 귀문에 있다는 점이다.

"귀문이라…… 그곳에서 헤어지셨나요?"

"그렇소. 귀문에 오래 있어봤자 좋을 게 없으니 나야 금방

나왔지만 장 형은 할 일이 있다고 남았소이다. 장백파에 관한 일인데…… 자세히는 모르오."

"그렇군요. 그것보다 그 소문이 사실이었네요, 양 호법님이 복수를 위해 귀문에 갔었다는 소문이 말이에요."

양초랑은 그 말에 살짝 얼굴을 붉혔다. 무모한 일이라는 것을 잘 알기 때문이다.

"대단하시네요. 귀문이 어떤 곳인지 알면서도 그렇게 행동할 수 있다는 것이……."

"혼자 간 것이 아니오. 그때…… 나를 도와 함께한 사람이 장 형이었소. 그래서 내가 장 형을 좋아하지만…… 혹시라도 장백파에 관한 소식을 듣게 되면 알려주시오."

"그렇게 할게요."

조선약이 고개를 끄덕였다. 양초랑은 차를 한 모금 마신 후 자리에서 일어섰다. 그러자 조선약이 다시 물었다.

"그 사람의 무공은 어떤 것 같나요? 솔직히 그게 제일 궁금해요. 아는 사람이 하도 칭찬을 해서."

"나도 잘 모르겠소, 그가 어느 정도의 실력을 지녔는지."

양초랑이 진지한 표정으로 말하자 조선약은 눈을 빛내며 다시 물었다.

"혹시…… 그 사람과 겨루어보았나요? 마치 겨뤄보신 것 같아서."

조선약의 말에 양초랑은 고개를 끄덕였다.

"물론 손을 나누었소이다. 창피하게도 졌지만 말이오."

"그랬군요. 적어도…… 이름 높은 후기지수들보다는 뛰어나다는 것처럼 들리네요."

조선약은 안색을 바꾸며 낮은 목소리로 중얼거렸다. 그러자 양초랑이 다시 말했다.

"속단하지 마시오. 솔직히 말하면…… 너무 쉽게 당해 그놈이 정말 나와 같은 연배인가 의심이 들 정도였으니까. 그럼 이만 가보겠소."

양초랑이 밖으로 나가자 조선약은 그의 말을 되뇌며 가내하와 종미미의 말을 다시 한 번 떠올렸다. 문득 오라버니와 비교할 만한 인물이 아닐까? 라는 의문이 들었다. 그렇지만 조선약은 고개를 저으며 그 생각을 부정했다.

"오라버니와 비교될 만한 고수는 절대 없어."

그것은 자신의 오라버니라서 하는 말이 아니라 자신이 아는 진실이었다.

＊　　　＊　　　＊

거대한 수련관의 실내에는 추야장이 중앙에 앉아 손에 들고 있는 검을 유심히 살피고 있었다. 그는 묵빛을 뽐내고 있는 검을 이리저리 살피면서 그 옆에 놓여진 묵빛 도를 들어 서로 부딪쳐 보곤 소리를 들었다.

드륵!

문이 열리는 소리와 함께 장구조가 수련관으로 모습을 보였다. 빠른 걸음으로 다가온 그는 추야장 앞에 부복했다.

"문주님을 뵙습니다."

"그래. 그런데 빈손으로 온 모양이군?"

추야장은 시선을 검면에서 떼지 않은 채 입을 열었다. 장구조는 굳은 표정으로 말했다.

"죄송합니다. 흔적을 놓치고 말았습니다. 추 소저의 제보로 은신처를 찾았으나…… 이미 떠난 후였습니다."

"소려는?"

추소려에 대해 묻자 장구조가 재빨리 대답했다.

"수정궁주의 명으로 나온 장로들과 함께 궁으로 돌아가는 길이라고 합니다. 추 소저도 백귀의 소식을 듣고 사로잡기 위해 직접 밖으로 나온 모양입니다."

"그래? 이왕 나왔으면 얼굴이나 보일 것이지…… 수정궁에 한번 가봐야겠다. 소려의 얼굴도 볼 겸, 백귀의 일도 있고 하니."

추야장은 중얼거리며 검면을 뒤집었다.

"수정궁으로 출발하실 준비를 해놓을까요?"

"그렇게 해. 시기는 이틀 후로 하고. 또한 백귀와 그놈의 행적도 놓치지 말고 수색하라고. 반드시 잡아야 할 놈이니까. 그 몸으로 멀리 가지는 못했을 거야."

추야장의 말에 장구조는 안색을 바꾸며 조심스럽게 입을 열었다.

"알겠습니다. 그런데……."

장구조의 목소리에 처음으로 추야장이 시선을 던졌다. 장구조가 고개를 숙이며 대답했다.

"추 소저의 말로는 그놈이 멀쩡했다고 합니다. 독에 중독된 모습이 아니었다고 하는데…… 그게 조금 걸립니다."

"그럴 리가 있나……. 소려가 그놈과 만났다고 하던가?"

"예, 한 번 겨룬 모양입니다. 너무 빨라 피했다고 하는데 내상을 입은 것 같습니다."

"마지막 발악을 한 모양이군."

추야장은 별거 아니라는 표정으로 시선을 다시 검에 돌렸다.

"곧 있으면 죽을 거야. 그래도 대단한 놈이군, 당가에서 가져온 신독(身毒)에 당하고도 움직였다니 말이야. 아무튼 시체라도 찾아와."

"알겠습니다."

장구조의 대답에 추야장이 고개를 끄덕이며 화제를 바꿨다.

"이 검이 누구의 것인지 아나?"

"장권호의 것이 아닙니까?"

"그래, 그놈의 것이지. 그놈과 가볍게 비무를 한 적이 있는데 내가 준 청강검이 산산이 조각나더군. 그놈의 내력을 이기지 못한 것이지. 그만큼 내력이 강한 놈이 들고 다니는 검이다."

추야장은 검을 이리저리 살피며 다시 말했다.

"두껍고 일반적인 검보다 강도가 높아…… 아니, 아주 높지."

고개를 끄덕인 그는 비슷한 색의 도를 왼손에 쥐고 검과 부딪혔다.

탁!

쇠로 된 검과 도가 부딪쳤는데 금속음이 아니라 마치 나무가 부딪친 듯한 소리가 울렸다.

"묵철이라고 하기에는 색이 너무 짙어. 분명 특별한 금속을 섞었을 것이네. 이런 건 결코 흔하지 않아. 일반 무기는 무 썰듯 잘라 버릴 만한 검이야. 명검이지."

추야장은 중얼거린 후 검과 도를 내려놓으며 다시 말했다.

"분명 그놈은 이 검을 찾으러 올 거네."

추야장의 눈동자가 반짝이자 장구조의 표정이 굳어졌다.

"이런 명검을 남의 집에 놓고 갈 사람은 세상에 없어. 무슨 뜻인지 알지?"

"예, 알겠습니다."

"살아 있다면 분명 돌아올 거야. 그러니 기다리는 것도 한 방법이겠지."

"하지만 이미 죽었을 가능성도 있습니다."

추야장이 고개를 한 번 끄덕였다.

"물론 그렇지. 하지만 모르는 일. 살아 있을 가능성도 배제하지 말게. 만약 내가 수정궁에 간 사이에 찾아온다면 사로잡도록 하게나. 정 힘들면 죽여. 시체라도 해부해서 기경팔맥의 흐름을 봐야겠어."

"분부대로 하겠습니다."

"나가봐."

추야장의 축객령에 장구조는 자리에서 일어나 밖으로 나갔다. 그가 나가자 추야장은 짧은 숨을 내쉬며 눈살을 찌푸렸다.

"독이 안 통했다고? 그럴 리가 있나……. 설마 당가 놈이 내게 장난질을 쳤을까? 후후…… 대단한 놈이로군. 그 몸으로 본 문의 눈을 피해 도망치다니."

추야장은 진심으로 감탄하며 고개를 끄덕였다. 중독된 증상에 의문이 들긴 했지만 귀문의 눈을 피한 것은 사실이었기 때문이다. 그리고 문득 아깝다는 생각도 들었다. 현 강호에서 그 정도로 빼어난 실력을 지닌 후기지수는 드물었기 때문이다.

만약 장권호가 조금 더 머문다고 했다면 회유를 하기 위해 더욱 노력했을 것이다. 하지만 장권호는 나가려 했고, 시간이 없는 그는 독이라는 최후 방편을 쓰게 되었다.

물론 후회는 없었다. 그저 방법을 달리했을 뿐이다.

*   *   *

인적이 드문 깊은 산중에 자리를 잡고 운기를 한 지 이틀 만에 눈을 뜬 장권호는 계곡의 물소리를 들으며 산을 내려오고 있었다.

해가 질 때쯤 작은 마을에 도착한 그는 객잔으로 들어가 하룻밤을 쉬었다. 작은 마을에 있는 객잔이라 오가는 사람은 드물었다. 손님도 별로 없는 객잔이었기에 조용한 밤을 보내고 있었다.

스슥!

바람이 닫힌 창문 틈으로 들어오는 소리에 장권호는 시선을 창가로 던졌다. 하지만 아무런 변화가 없자 다시 고개를 돌렸다. 타오르는 호롱불도 별다른 흔들림이 없었다.

장권호는 곧 침상에 누워 눈을 감았다. 깊은 잠에 빠져들 것 같았던 그는 무슨 생각을 했는지 눈을 떴다.

"……!"

두 개의 눈이 천장에서 장권호를 노려보고 있었다. 장권호를 보던 눈도 매우 놀란 듯 동공이 확대되었다.

'피핑!' 하는 날카로운 소성과 함께 천장의 눈이 사라지며 두 개의 비침이 장권호의 누운 자리로 날아들었다.

파파팍!

장권호는 신형을 일으킴과 동시에 요를 들어 허공에 원을 그려 침을 막았다. 그러면서 탁자 위에 놓인 젓가락 하나를 들어 창가 쪽으로 날렸다.

퍽!

젓가락은 그 끝이 안 보일 정도로 벽면에 박혔고, 얼마 지나지 않아 벽면에서 피가 흘러내리기 시작했다.

스르륵!

털썩!

벽면에서 검은 그림자 하나가 마치 물에 씻겨 내려가듯 바닥에 쓰러졌다.

"대단하군."

장권호는 그림자 사내의 번개 같은 움직임에 감탄하며 다가갔다. 그림자 사내의 움직임은 빨랐고 당황하는 모습이 전혀 없었다. 모든 게 예정된 것처럼 움직였고 장권호조차 쉽게 움직임을 파악하지 못했다.

장권호는 그림자 사내를 앞으로 눕혔다. 명치 부근에 어른 주먹만 한 구멍이 뚫린 사내는 절명한 듯 움직임이 없었다.

장권호는 시신의 품을 뒤졌다. 정체를 알아야 했기 때문이다.

"무(霧)…… 십삼호라……."

장권호는 중얼거리며 눈살을 찌푸렸다.

호롱불이 탁자 위에서 밝은 빛을 발하고 있었다. 장권호는 탁자 위에 두 개의 비수와 이십여 개의 비침이 꽂혀 있는 가죽 요대와 천잠사를 감고 있는 가죽 비갑(臂甲)과 녹색 독병을 늘어놓았다. 그리고 마지막에 마름모 형태의 작고 검은 목패를 올려놓았다.

모두 죽은 시신에서 나온 물건들이었다.

비수는 손잡이가 없는 것이 특징으로 던지기용인 듯 보였다. 비침 역시 굵은 것부터 머리카락 굵기의 얇은 것까지 다양했다. 그 외엔 천잠사나 독병들로, 특별한 점을 발견할 수가 없었다.

특징이 있다면 단 하나 비갑이었다. 팔을 보호하기 위한 가죽 비갑은 검은색에 뱀이 팔을 타고 올라가는 모양을 하고 있었다. 이런 모양의 비갑을 차고 있는 단체는 분명 드물 것이라 여겼다.

"방패처럼 사용할 용도였나 보군."

가죽 비갑을 팔에 차보고 그 단단함에 장권호는 중얼거렸다. 가죽으로 만들었다지만 그 강도는 일반적인 도검으로는 뚫지 못할 정도로 강했다. 그 단단함과 가죽의 유연함이 팔을 보호하기에는 안성맞춤이었다.

또한 팔에 차고도 움직임에 불편함이 없었다. 이 정도면 상당히 좋은 물건이 분명했다.

마지막으로 장권호는 곧 마름모 형태의 작은 목패를 품에

챙기고 불을 껐다.

비갑은 왼팔에 찬 상태였고, 눈에 띄지 않을 정도로 얇은 천잠사 역시 손목 부위에 감겨져 있었다.

'적을 알아야 하는데……'

장권호는 한 가지 고민이 또 생겼다는 것에 눈살을 찌푸렸다. 자신을 이유 없이 공격하는 살수들의 정체도 궁금했지만, 도대체 누가 자신을 이렇게 죽이려 하는지 그 상대 역시 궁금했다.

'어차피 곧 알게 되겠지.'

장권호는 귀찮은 듯 짧게 숨을 내쉰 후 잠을 청했다.

객잔의 주인인 허씨는 이른 아침 장권호의 방을 치우다 시체를 발견하곤 관아에 신고했다. 하지만 허씨는 관원과 다시 시신이 있는 방에 왔을 때 거짓말쟁이가 되어야 했다.

시신은 어디에도 없었으며 방 안 역시 깨끗하게 정리되어 있었기 때문이다. 다른 사람들에게 시신의 행방을 물었지만 아무도 아는 사람이 없었고, 관원은 크게 화를 내며 돌아갔다. 허씨는 억울함에 가족들에게 호소했지만 아무도 믿어주지 않았다.

*   *   *

팍! 팍!

이른 아침부터 장이는 땀을 흘리며 쉬지 않고 땅을 팠다. 구덩이가 자신의 허리까지 오자 삽질을 멈춘 그는 곧 시신 한 구를 구덩이에 넣고는 다시 흙을 덮었다. 이름 모를 야산이었고 오가는 사람도 없는 곳이었기에 햇살이 비추어도 사람의 그림자는 오직 장이 혼자뿐이었다.

장이는 열심히 작업을 했고, 얼마 지나지 않아 구덩이를 메운 그는 낙엽으로 그 위를 덮어 흔적을 지웠다.

"휴우……."

깊은 한숨과 함께 허리를 편 그는 한쪽에 앉아 건포를 꺼내 씹었다.

"천하제일이라 알려진 무영루(霧影樓)의 살수가 실패를 하다니…… 귀신이 곡할 노릇이로군. 아니, 그만큼 상대가 대단한 건가?"

낮은 목소리로 중얼거리던 장이는 엉덩이를 털며 일어섰다.

"무영루인가?"

"헉!"

장이는 낮은 목소리에 놀라 동작을 멈추었다. 막 일어서려던 자세 그대로 멈춰 섰기에 어정쩡한 모습이었다.

장이는 시선을 돌려 옆에 서 있는 장권호를 쳐다보았다. 장권호는 장이를 한 번 본 후 땅을 팠던 자리를 살피며 다시 말했다.

"네가 뒤처리 담당인 모양이야?"

"누구냐?"

"이놈이 죽이려던 사람이지."

"……!"

장이의 표정이 삽시간에 굳어졌다. 설마하니 상대가 자신을 따라올 줄은 몰랐기 때문이다.

무엇보다 놀라운 건 자신이 상대의 기척을 느끼지 못했다는 점이다.

장이는 눈동자를 굴리다 품에서 독단을 꺼내 입에 넣었다.

순간 장권호의 신형이 움직였다.

팍!

"컥!"

장권호는 장이의 목을 거칠게 움켜잡았다. 그러자 기침과 함께 독단이 입 밖으로 나왔다. 장권호는 싸늘한 표정으로 장이를 쳐다보며 말했다.

"무영루라는 살수 조직이 왜 나를 죽이려 하지?"

"모, 모르오."

장이는 중얼거리며 장권호 모르게 손을 움직였다. 손가락 사이로 커다란 비침 하나가 튀어나오더니 장권호의 복부를 찔러갔다.

그 순간 장권호의 손에 힘이 들어갔다.

펙!

목이 꺾인 장이가 전신을 부르르 떨었다. 장이는 장권호를 찌르려던 모습 그대로 숨을 멈추었다.

장권호는 손을 거두며 신형을 돌렸다. 어차피 물어도 답할 녀석들이 아니었고 더 이상 알 수 있는 정보도 없다고 판단했다.

"무영루라……."

장권호는 그 하나만으로도 큰 수확이라 생각했다.

서안은 여전히 많은 사람들로 붐비고 있었다. 고래로부터 세상의 중심이 되었던 서안은 많은 명승고적들로 유명한 대도시였고, 지금도 많은 사람들로 문전성시를 이루는 곳이었다. 그 많은 사람들 가운데 장권호도 있었다.

서안의 서문으로 들어온 그는 가장 가까이에 보이는 객잔에 들었다. 점소이가 방으로 안내하자 장권호가 물었다.

"이곳에서 가장 유명한 홍루는 어디인가?"

장권호의 물음에 점소이가 바로 답했다.

"서안에서 가장 유명한 홍루는 도원향(桃園鄕)입니다."

그 대답에 장권호가 다시 물었다.

"위치는?"

"요 앞에 보이는 대로를 따라 쭉 가다 보면 호수가 나오는데, 호수의 좌측 길을 따라가시면 홍루 거리지요. 그곳에서 찾아보시면 바로 알 수 있습니다."

"고맙군."

점소이의 상세한 설명에 장권호는 소매에서 두 냥을 꺼내 쥐어주었다.

"감사합니다."

얼굴에 웃음꽃을 피우며 돈을 쥔 점소이가 방으로 안내한 후 사라지자 장권호는 문을 닫았다. 곧 그는 소매에서 패를 꺼내 다시 한 번 살피다 창밖으로 시선을 던졌다.

수많은 고루거각들의 지붕이 그의 눈에 들어왔다. 저 멀리 높게 솟은 탑들도 보였다. 그 가운데 노을빛 햇살이 비추자 장권호는 눈을 감았다.

어두운 밤하늘 아래로 휘황찬란한 불빛들로 가득 차 있는 거리가 있었다. 해가 지자 오히려 불이 더 밝아진 이곳은 오영로(五營路)라 불리는 거리로, 길의 좌우에는 거대한 홍루들이 길게 늘어서 있었다.

늘어선 홍루 사이로 많은 마차들이 오가고 있었으며 호객꾼들도 지나는 사람들을 붙잡고 있었다. 그중 가장 안쪽에 자리한 도원향의 정문 앞은 다른 곳과 달리 한산한 편이었고 오가는 사람도 드물었다.

간혹 고관대작이나 이 지역 유지들의 사두마차가 오가곤 했어도 일반 사람들의 모습은 찾기 힘들었다.

장권호는 호객꾼들을 뿌리치고 가장 깊은 곳에 자리한 도
원향으로 향했다. 도원향의 정문에는 십 대 초반의 작고 귀
여운 소녀 한 명이 서 있었는데, 그 소녀는 계단 위로 올라오
는 장권호를 물끄러미 쳐다보았다.

　"이곳은 예약을 하셔야만 들어갈 수 있는 곳이니 돌아가시
기 바랍니다."

　소녀의 정중한 말투와 허리를 숙이는 그 공손함에 장권호
는 절로 미소를 지었다.

　문 앞에 서서 안내하는 소녀조차 이렇게 절도 있으니 안은
과연 어떨지 짐작이 되었기 때문이다.

　"내가 예약을 한 손님인지 아닌지 어찌 아는가?"

　장권호의 물음에 소녀가 대답했다.

　"예약을 하고 오시는 분들은 손님과는 달리 모두 정갈한
옷차림에 기품이 있으십니다. 허나 손님은 이곳 뒷골목의 무
지렁이 같은 옷차림에 기품 또한 없으니 예약하신 손님이 아
니지요."

　"하하하! 재미있는 아이구나."

　장권호는 그 말에 오랜만에 진정으로 호탕한 웃음을 보였
다. 곧 장권호가 다시 말했다.

　"네 말처럼 나는 기품도 없고 예약한 손님도 아니다. 그런
데 이곳에 볼일이 있구나. 만약 내가 이대로 들어간다면 너
는 어찌하겠느냐?"

"소녀는 손님을 막지 않을 것입니다. 이유는 손님께서 안으로 들어가셔도 내드릴 방도 없으며 드릴 술도 없기 때문입니다. 그러면 손님께서는 잠시 후 다시 밖으로 나오시겠지요."

소녀의 말에 장권호는 다시 미소를 입가에 걸었다. 상당히 의미심장한 말이었기 때문이다.

"아이야, 네 이름은 무엇이냐?"

"소녀는 추월(秋月)이라 합니다."

"가을 하늘의 달이라…… 좋은 이름이다. 그래, 추월아. 너는 한 가지 알아야 할 것이 있다."

장권호는 검지를 펴며 의미심장한 미소를 입가에 걸었다.

"이 도원향이 오늘 문을 닫을지 안 닫을지는 네가 어떻게 하느냐에 달렸다. 이곳의 주인을 만나고 싶은데 만날 수 있겠느냐?"

장권호의 말에 추월은 아미를 찌푸렸다. 장권호의 말이 이해되지 않았기 때문이다.

"향주님은 바쁘시기에 아무나 만나지 않습니다. 더욱이 예약된 손님도 아닌 분을 어찌 향주님과 만나게 하겠습니까?"

"그렇겠지. 그래서 네게 이렇게 부탁하는 거다. 오늘 도원향이 서안에서 사라질지 아니면 이대로 계속 영업할지는 네가 하기에 달렸다고 하지 않았니? 향주를 만나야겠다. 만나게 해주렴."

장권호가 미소를 보이며 다시 말하자 추월의 표정이 굳어
졌다. 도대체 이해할 수 없다는 듯한 시선으로 장권호를 쳐
다보았다.

"그렇게 중요한 일이라면 소녀에게 말해주셔도 돼요. 제가
향주님께 전하겠습니다."

"아니, 이 일은 직접 말을 해야 한단다. 네게 알려줄 수가
없어."

장권호의 말에 추월은 입술을 내밀며 상당히 고민스러운
표정을 지었다. 추월은 곧 호기심 어린 표정으로 장권호에게
물었다.

"정말…… 정말 도원향이 문을 닫을지도 모르는 아주 중요
한 일인 거지요?"

"물론. 그래서 향주를 만나려는 것이다."

장권호가 다시 말하자 추월은 고개를 끄덕이더니 신형을
돌렸다.

"이곳에서 기다리세요. 하지만 손님의 말이 거짓이라
면…… 손님의 생명을 저도 장담할 수가 없어요. 소녀는 이
곳에서 죽어 나간 손님들을 많이 보았답니다."

"그건 걱정하지 말아라."

추월은 돌아서 안쪽으로 사라졌다.

얼마 지나지 않아 다시 나타난 추월은 이십 대 중반의 청
년과 함께였다. 청년은 장권호의 앞으로 다가와 포권하며 말

했다.

"저는 고식이라 합니다. 이곳의 총관이지요. 손님께서 도원향이 무너질 거라 하셨다던데 제 입장에서는 그 말을 믿을 수가 없습니다. 저희 도원향이 무너지다니요? 그게 무슨 말씀인지 제게 말씀하십시오."

고식의 말에 장권호는 고개를 저었다.

"향주를 봐야 말해줄 수 있소이다."

장권호의 말에 고식은 그의 위아래를 살핀 후 다시 말했다.

"보아하니 무림인이신 듯한데 아무리 무림인이 안하무인의 무뢰배라 하지만 손님의 경우는 너무 예의가 없어 보이오. 성함이 어찌 되시오?"

"향주를 보면 말하겠소."

"허허! 밝힐 수 없을 정도로 부끄러운 이름이오?"

무림인은 자존심이 강하다는 것을 잘 아는 고식이었기에 장권호를 일부러 자극하였다. 하지만 장권호는 미소만 보일 뿐이었다.

"한시가 급하오. 도원향이 무너질지 아니면 이대로 계속 서안에 남을지는 당신들 손에 달렸소."

장권호의 재촉에 고식은 눈살을 찌푸렸다. 말이 통하는 상대가 아니라고 생각했다. 그렇다고 어디에서 온 어떤 놈인지도 모르는 사람과 향주를 만나게 할 수도 없었다.

"허허! 말이 안 통하는 손님이시구려. 도원향의 향주가 지나가는 개인 줄 아시오? 이만 물러가시오."

"도원향이 무너져야 정신을 차릴 사람이구려."

장권호의 말에 고식은 안색을 바꾸었다.

옆에서 보던 추월이 입을 열었다.

"소녀는 사람이 이곳에서 죽어 나가는 것을 많이 봐왔습니다. 도원향이 어떤 이유에서 무너지는지 그 이유가 분명하다면 손님은 살 것이지만 그렇지 않다면 손님은 아침에 떠오를 태양을 못 보실 거예요."

추월의 말에 장권호는 다시 한 번 미소를 보였다.

"네 말처럼 내가 내일의 태양을 못 본다 해도 상관이 없단다. 향주를 만나야 도원향이 안 무너질 테니 말이다."

장권호의 말에 추월은 눈살을 찌푸리며 고식을 쳐다보았다. 고식은 상당히 고민스러운 표정으로 장권호를 보더니 입을 열었다.

"무기를 모두 버리시오."

장권호는 양손을 펼치며 말했다.

"보시다시피 무기는 없소이다."

장권호의 말에 고식이 다시 말했다.

"손님처럼 광오한 사람은 내 생전 처음이오. 목숨을 걸어야 할 것이오."

"물론이오."

장권호의 말에 고식은 신형을 돌렸다.

"따라오시오. 어디 한번 그 이유나 들어봅시다. 물론 손님 의 목숨을 걸고……."

그의 싸늘한 목소리에도 장권호는 그다지 신경 쓰지 않는 표정이었다. 대신 고식의 옆에서 걷고 있는 추월의 모습을 유심히 살폈다.

장권호는 도원향을 찾을 때 처음부터 예의를 차릴 생각이 없었다. 그렇기 때문에 무리하게 도원향주를 만나려 한 것이 다. 도원향주라면 무영루에 대해서 알 거라 여겼다. 또한 장 백파의 일에 대해서도 알 거라 생각했다.

다른 이유에서 도원향을 찾은 게 아니었다. 어떤 지역에 가도 하오문은 존재했고, 또한 하오문이 가진 정보 중 고급 정보가 많다는 것도 들었기 때문이다.

동북지방에도 하오문이 있었다. 요동에 있는 하오문을 장 권호가 모를 리 없었다. 물론 그들은 장권호를 싫어했다. 하 룻밤 만에 하오문의 모든 사업장을 풍비박산 낸 장본인이기 때문이다.

어차피 그 일은 과거의 일이었다.

넓은 정원의 중앙에 자리한 작은 정자에 분홍빛 궁장의를 입은 노궁화가 모습을 보였다. 그녀는 색기 어린 눈빛에 붉은 입술이 인상적인 미인이었다.

"제가 이곳의 향주인 노궁화예요. 손님이 도원향이 무너진다고 말한 분인가요?"

노궁화는 맞은편에 앉아 있는 장권호를 바라보며 물었다. 장권호는 자리에서 일어나지도 않은 채 고개를 끄덕였다.

"그렇소."

노궁화가 그 말에 아미를 찌푸리며 마주 앉았다. 그 옆에는 추월이 앉았고 고식은 정자 밖에 서 있었다. 그리고 장권호의 귓가로 수십 인이 움직이는 소리가 잡혔다.

"여긴 낮에 오면 풍광이 좋은 곳이에요. 사방은 막혔고 어디를 가더라도 높은 담장이 있으며 깊은 호수가 있지요. 물론 입구는 하나뿐이지만."

노궁화가 입가에 미소를 보였다. 그녀의 말은 도망칠 생각하지 말라는 뜻이었고, 헛소리면 바로 죽이겠다는 의미였다.

"참 좋은 곳인 것 같소. 술을 마시고 떠드는 남자의 목소리나 여자의 웃음소리가 하나도 들리지 않으니 말이오."

장권호의 말에 노궁화가 눈을 반짝였다. 장권호가 다시 말했다.

"그런데 내 앞에는 술도 없고 음식도 없으며 차 한 잔뿐이니 매우 서운하오."

"호호! 제 실수군요. 여기에 한 상 차리거라."

노궁화가 고식에게 말하자 고식은 곧 자리를 떠났다. 노궁화가 장권호를 보며 다시 말했다.

"죽기 전에 술과 음식이라도 배불리 먹어야겠지요. 아님 여자라도 안겨 드릴까요? 죽기 전에 여자를 안아보는 것도 좋은 추억일 거예요."

노궁화의 말에 장권호는 손을 들어 사양했다.

"그렇게까지 신경 쓸 필요는 없소이다."

"그럼 말해보세요. 우리 도원향이 왜 무너지나요? 아니, 오늘 무너진다고 하셨는데 그 이유가 무엇인가요?"

장권호는 그 물음에 잠시 손을 들었다.

"술과 음식이 오면 말하겠소."

장권호가 미소를 보이자 노궁화가 고개를 끄덕였다.

"그렇게 하세요. 시간은 많으니까. 그런데 손님은 성함이 어찌 되나요?"

"장권호라 하오."

"장권호?"

노궁화는 고개를 갸웃거리며 어디선가 들은 이름이란 것을 생각했다.

옆에 앉은 추월은 그 이름에 눈을 반짝였다. 허나 고개를 숙이고 있어 그 모습을 누구도 볼 수 없었다.

얼마 지나지 않아 십 대 후반으로 보이는 어여쁜 소녀들이 음식들을 들고 들어와 장권호의 앞에 차려놓았다. 그녀들은 곧 고식의 뒤로 물러가 일렬로 늘어섰다.

"골라보세요."

"무엇을 말이오?"

"어떤 여자가 취향인지 알고 싶어서 그러니 골라보세요. 오늘 장 소협에게 제가 주는 선물이에요."

"필요없소이다."

장권호의 말에 노궁화가 아미를 찌푸리며 손을 저었다. 곧 소녀들이 빠른 걸음으로 물러갔다.

또르륵!

술잔에 술을 따른 장권호는 자신을 노려보는 노궁화를 향해 술잔을 들어 보였다.

"한잔하시겠소?"

"얼른 마시고 말하세요. 그 입에서 어떤 말이 나올지 매우 궁금하군요."

눈은 웃고 있지만 표정은 차가웠고 전신으로 살기가 흘러나오는 노궁화였다. 장권호도 더 이상 놀리기 싫다는 듯 술을 마시려다 잔을 내려놓았다.

"안 드세요?"

"얼마 전에 남이 주는 술을 그냥 넙죽 마셨다가 호되게 당해서 말이오. 후후."

장권호는 미소를 보이며 노궁화를 바라보았다. 노궁화가 그 말에 아미를 찌푸리며 말했다.

"제가 술에 독이라도 넣었을 거라는 말처럼 들리는군요.

더더욱 장 소협을 죽이고 싶어지네요. 그러니 어서 말해요!"

노궁화의 입에서 기어이 살기가 담긴 목소리가 터져 나왔다. 장권호가 말했다.

"도원향이 무너지는 이유는 바로 나 때문이오."

"뭐……?"

노궁화가 그 말에 자신의 귀를 의심하는 듯 장권호를 노려보았다.

"지금 장 소협 때문에 도원향이 무너진다고 하신 건가요?"

장권호는 당연하다는 듯 고개를 끄덕였다.

"물론이오."

"허! 어이가 없군요."

"못 믿겠소?"

장권호가 입가에 살기를 보였다. 그 차가운 살기에 노궁화의 안색이 바뀌었다. 범상치 않은 살기였기 때문이다.

"마음만 먹으면 이런 도원향쯤…… 반 시진이면 끝낼 수 있소이다."

장권호의 말에 노궁화는 정말 어처구니가 없다는 표정으로 장권호를 쳐다보더니 이내 크게 웃었다.

"호호호호! 정말 웃기는 놈이로구나! 호호호! 이곳 도원향이 어떤 곳인 줄 알고 감히 그딴 헛소리를 하느냐? 네놈이 진정 죽고 싶은 모양이구나."

"홋! 못 믿는 모양이군."

장권호가 미소를 보이며 중얼거리자 노궁화가 웃음을 멈추며 싸늘한 살기를 보였다.

"이렇게 무모한 놈이 있다니…… 내 평생 네놈처럼 웃기는 놈은 또 처음 본다. 여봐라!"

쉬쉬쉭!

노궁화의 외침에 수많은 회의인들이 정자를 둘러쌌다. 그 수만 오십 인이 넘어 보였고, 손에는 모두 청강장검을 쥐고 있었으며, 흉흉한 살기를 뿌리고 있었다. 개개인이 어느 정도 수준에 다다른 인물들로 보였다.

노궁화가 그런 수하들을 둘러보다 장권호에게 다시 말했다.

"뭐라 하였느냐? 다시 한 번 말해보거라. 네놈에게 그럴 용기가 있는지 궁금하구나."

일반적인 사람이라면 그들의 기세에 주눅 들 법했으나 장권호는 여전히 변화 없는 표정으로 말했다.

"이런 도원향쯤은 반 시진이면 끝을 낼 수 있다 했소."

장권호의 말에 노궁화가 어깨를 떨더니 차갑게 말했다.

"네놈의 시체를 천 갈래 만 갈래 찢어 까마귀 먹이로 쓰겠다."

"그만."

노궁화가 막 손을 들어 공격하려는 순간 옆에 있던 추월이 낮게 말했다. 노궁화가 그 소리에 동작을 멈추었다. 추월이 곧 팔짱을 끼더니 노궁화를 향해 시선을 던졌다.

"애들 물리고 옆에 앉아."

십삼 세쯤으로 보이는 추월이 노궁화에게 명령을 내리는 모습이 무척이나 신기하고 어색하게 보였다. 하지만 노궁화는 추월의 말에 어깨를 떨더니 곧 수하들을 물렸다.

그리곤 추월의 옆에 앉아 장권호를 노려보았다.

장권호는 추월과 노궁화를 번갈아 보더니 입을 열었다.

"도원향이 무너지는 일은 막은 것 같소."

장권호가 미소를 보이자 추월이 여전히 팔짱을 낀 채 말했다.

"소문으로 들었지만 이렇게 보니 정말 광오하군요. 내가 누군지 알겠나요?"

소녀의 입에서 흘러나오는 목소리와 말투에는 괴리감이 있었다.

그러나 장권호는 그저 재미있다는 표정으로 추월을 바라볼 뿐이었다.

"내 눈에 보이는 아이가 누군지 알면 내가 이렇게 있을까? 한 가지 분명한 건 크면 분명 여러 남자 울릴 것처럼 보인다."

"꺄르르르르!"

장권호의 말에 추월이 크게 웃었다. 그녀는 배를 잡고 허리를 꺾으며 매우 유쾌하다는 듯 웃더니 곧 싸늘한 눈동자로 장권호를 노려보았다.

"이제 그만하고 이곳에 온 목적을 말하지요? 장백파의 셋째 장 소협."

"나에 대해서 아는 모양이군?"

장권호의 물음에 추월이 고개를 끄덕였다.

"사 년 전 요동지방에 있는 우리 동료들의 사업장을 쑥대밭으로 만들었지요…… 백옥궁과 함께 말이에요. 그걸 복구하는 데 들어간 돈이 억만금이에요."

추월의 말에 장권호는 그때의 일을 떠올리며 고개를 끄덕였다.

"돈 많은 놈들이니 금방 복구했겠지."

"시끄러워요. 우린 장 소협에게 원한이 있어요."

"그래서 장백파를 저렇게 만들었나?"

장권호의 눈빛이 달라지자 추월이 미소를 보였다.

"우리에게 장백파를 멸문시킬 만큼 강한 힘이 있다고 생각하나요? 더욱이 장 소협이 있는 장백파를 저희가 어찌할 수 있다고 생각하나요?"

장권호는 가만히 추월을 바라보다 소매에서 작은 목패를 꺼내 탁자 위에 올려놓았다.

"이 목패를 알고 있나?"

추월은 목패를 본 후 곧 노궁화에게 시선을 던지며 말했다.

"가서 무영루에 관한 자료를 가져와요."

"예, 장로님."

노궁화가 대답하며 일어나 황급히 나가자 장권호는 눈을 빛내며 추월을 바라보았다.

"장로?"

"왜요? 저같이 어린 사람은 장로가 될 수 없나요?"

"축골공인가?"

"예리하군요."

추월이 부정하지 않자 장권호는 정자의 난간에 등을 기대었다. 그러자 추월이 말했다.

"대가는 준비했지요?"

"정보료 말인가?"

"물론이에요."

"미안하지만 멸문한 문파의 제자라 아무것도 없어."

장권호의 말에 추월은 의미심장한 미소를 입가에 띠었다.

"장 소협이 알고 싶어 하는 게 무엇인지 알아요. 장백파를 멸문시킨 흉수와 장검명의 죽음이겠지요?"

"잘 아는군."

"약간의 정보는 저희에게도 있어요."

추월의 말에 장권호가 눈을 빛냈다.

추월은 장권호의 관심을 모를 리 없었다.

"하지만 대가는 비싸지요."

"그럼 모르는 게 낫겠소."

"무영루에 대한 대가 또한 비싸요."

"한 가지만 하지."

장권호의 말에 추월은 미소를 보이며 고개를 끄덕였다.

"좋아요. 그렇게 하지요. 돈이 없으시다니 다른 걸 주셔야 해요."

"무엇이지?"

추월은 팔짱을 풀며 말했다.

"북풍에 대해 알고 싶어요."

장권호의 표정이 북풍이란 말에 변하였다.

"강호십대고수 중 한 명인 북풍의 정체를 아는 사람은 아무도 없어요. 저희 역시 모르지요. 하지만 저는 추측은 하고 있어요, 어떤 사람일 거라고. 그 사람이 북풍인지 아닌지만 알려주시면 돼요."

"그걸 왜 나한테 묻지?"

"북풍은 동북지방에서만 활동한 사람이에요. 그렇다고 백옥궁의 사람은 아니에요. 백옥궁은 모두 여자니까요. 그럼 동북지방에서 백옥궁을 제외하고 천하를 논할 정도의 무공을 가르쳐줄 수 있는 곳이 장백파를 제외하고 또 있을까요?"

추월의 말에 장권호는 씁쓸한 미소를 보이며 말했다.

"본 파의 무공이라면 충분히 북풍이라 불리는 자를 키울 수 있다. 하지만 나 역시 북풍이 누구인지 궁금한 사람이야.

죽은 대사형이 아닐까 하는 생각은 하고 있어."

장권호의 말에 추월은 반짝이는 눈동자로 장권호를 바라보며 말했다.

"그렇군요. 알겠어요. 하지만 무영루의 정보를 주는 대가치곤 만족스럽지 못하네요. 한 가지 더 묻지요."

장권호가 고개를 끄덕이자 추월이 빠르게 말했다.

"왜 중원에 왔나요?"

추월의 물음에 장권호는 미소를 보였다.

"무적명을 죽이러."

"……!"

추월의 눈동자가 커졌다.

일명(一名), 일황(一皇), 이신(二神), 이풍(二風), 사제(四帝)로 불리는 강호십대고수 중 절대적인 인물이 무적명이었기 때문이다.

"무적명(無敵名)…… 만리행(萬里行)……."

추월은 자신도 모르게 중얼거렸다.

그 말에 장권호의 전신에서 강렬한 기도가 뿜어져 나왔다. 추월은 정신을 차린 후 장권호에게 말했다.

"장백파의 멸문과 연관이 있는 모양이군요?"

"무너진 조사당에 쓰여진 글이야."

"무적명을 흉수라 믿는 것인가요?"

장권호는 천천히 고개를 끄덕였다. 그러자 추월이 굳은 표정으로 다시 말했다.

"포기하세요. 장 소협은 지금 정사(正邪)를 합친 중원 전체와 싸우려는 것이에요."

"무적명에 대해 잘 아는 모양이군?"

장권호의 물음에 추월은 고개를 저었다.

"저희는 무적명에 대해 아는 게 없어요."

추월이 잘라 말하자 장권호의 표정이 굳어졌다. 분명 거짓일 것이다. 하지만 억만금을 준다 해도 하오문은 무적명에 대해 입을 열지 않을 것이다. 그렇게 보였다.

"거래는 여기까지로 하지요. 앞으로 우리에게 정보를 얻을 생각은 하지 마세요."

서둘러 자리를 피하려는 추월을 보며 장권호가 말했다.

"두려운 모양이지?"

장권호가 묻자 추월은 차갑게 눈을 빛내며 대답했다.

"무적명을 두려워하는 게 아니에요. 그 주변에 있는 단체와 연관되기 싫을 뿐이에요."

"그 단체라면?"

"여기까지예요."

추월이 손을 들어 장권호의 물음을 막았다. 그사이 노궁화가 두 권의 얇은 책을 들고 나타났다. 책을 손에 쥔 추월이 장권호에게 책을 내밀며 말했다.

"여기 무영루에 관한 것이에요."

장권호가 받아 쥐자 추월이 다시 말했다.

"장 소협의 말이 맞군요. 도원향이 당신 때문에 무너질지도 모른다는 말이."

"그런가?"

"그래요. 장 소협 때문에 도원향은 무너질지도 몰라요. 그런 일이 안 일어나게 해야지요. 장 소협이 죽지 않는다면 조만간 우린 다시 만나겠군요."

추월의 의미심장한 말에 장권호는 자리에서 일어섰다.

"다시 만나겠군."

장권호는 마치 앞으로의 일을 예상한 것처럼 말한 후 천천히 걸어나갔다.

그가 나가자 추월은 옆에 있는 노궁화에게 말했다.

"술과 음식을 가져온 애들은요?"

"모두 방에 있습니다."

"모두 죽여요."

"예?"

노궁화가 추월의 말에 매우 놀란 표정으로 눈을 크게 뜨자 추월이 날카로운 눈빛을 보이며 다시 말했다.

"오늘 장 소협과의 만남은 없었던 일이에요. 무슨 뜻인지 알지요?"

"아! 예, 알겠습니다."

노궁화가 고개를 끄덕이며 대답했다. 추월은 도저히 열세 살로 보이지 않을 눈빛을 발하며 다시 말했다.

"삼도천이 무영루를 움직여 장 소협을 죽일 생각인가 보네요. 우리가 무영루의 정보를 줬다는 사실을 삼도천이 알면 안 되겠지요?"

"아…… 그래서……."

노궁화는 왜 추월이 어린 소녀들을 죽이라는 명령을 내렸는지 이해되었다. 만약 삼도천에서 이 사실을 안다면 분명 하오문의 존망이 걸린 사투가 시작될 것이다.

"저는 총단으로 가야겠어요. 앞으로의 일은 노 향주에게 맡기지요."

"예, 장로님."

추월은 정자를 나와 천천히 자신의 숙소로 향했다.

제5장

폭풍전야(暴風前夜)

대개 사람은 자기가 잘못한 일에 대해선 깨닫지 못하는 경우가 많다. 그럴 때는 타인에게 물어봐야 자기 자신을 돌아볼 수가 있는데, 사람이란 게 우습게도 자기에게 쓴소리를 하는 사람은 아무리 자기를 위한 말이라 해도 멀리하는 경향이 있다.

결국 후회를 하고 나서야 이미 멀어진 사람의 말을 떠올린다. 그리고 또다시 그러한 일을 반복한다. 후회하고 떠올리고 후회하고 떠올리고…….

스승님은 대개의 사람들이 그렇게 산다고 하였다.

숙소로 돌아온 장권호는 도원향에서 받은 두 권의 얇은 책을 꺼내 읽었다. 무영루가 언제부터 활동하기 시작한 조직인지는 모르나 이백 년 전부터 활동하는 모습이 잡혔다는 사실이 적혀 있었고, 총단으로 예상되는 지점들이 적혀 있었다.

하지만 그들에게 의뢰를 하는 방법이나 그들과 만나는 방법에 대해선 적혀 있지 않았다. 그게 아쉬웠다.

장권호는 다 읽은 책을 찢어 호롱불에 하나씩 태웠다. 몇장 되지도 않은 내용이기 때문에 금방 한 권을 태운 그는 다른 책을 펼쳐 읽었다.

십여 장의 얇은 종이에 적힌 것은 십 년 전부터 지금까지 여러 의문의 죽음들과 그 죽음에 무영루가 관련되어 있다는 내용들이었다. 물론 대다수 추측이었다. 무영루가 범인이라고 지목되지는 않았지만 하오문은 무영루로 보고 있었다.

가장 최근에 죽은 자는 반년 전 태산파의 공현이란 사람이었다. 그 역시도 산책 중에 변사체가 되어 발견되었는데 사인은 백회혈에 박힌 독침이었다.

"결국 아는 게 별로 없다는 소리군. 그래서 그렇게 쉽게 내준 거고."

장권호는 책을 뜯어 호롱불에 태우며 중얼거렸다.

중요한 정보가 들어 있었다면 추월이 그렇게 쉽게 주었을까? 문득 그런 의문이 들었다. 하오문에서 쉽게 준 정보였다. 결국 두 권의 책에서 건질 수 있는 것은 단지 무영루의 총단일지 모른다는 가능성 있는 장소들 외엔 아무것도 없었다.

하나가 더 있다면 무영루가 상당히 무서운 존재라는 사실이었다. 오랜 기간 동안 활동하면서 하오문조차도 아직 아는 게 없는 조직이었고 강호에서 소문조차 없는 조직이라는 점이었다. 대단하다고 볼 수 있었다.

'쉽지 않겠어……'

장권호는 풀리지 않는 문제를 고민하며 눈을 감았다.

새벽의 안개가 땅을 쓸고 있었다. 짙은 안개 때문에 앞이 잘 보이지 않았지만 가까운 주변은 보였기에 경계를 서는 데는 무리가 없었다.

더욱이 옆에 놓여진 화로에서 타오르는 불길은 다가오는 안개를 녹여주었다.

"안개가 심하니 오늘 날씨는 좋을 것 같군."

"날씨가 좋으면 뭐하나, 할 일도 없는데."

경계를 서던 두 무사가 투덜거리듯 말하고 있었다. 둘은 매일 반복되는 일상이 지겨운 표정이었다. 그럴 수밖에 없는 것이 귀문의 경비무사가 되면 거의 대다수의 시간을 귀문 안에서 보내야 했다.

특별한 일이 없는 이상 밖으로 나가는 일은 없었다. 대다수의 시간을 귀문에서 보내며 가끔 있는 휴가를 꿈꾸는 그들이었다.

슥!

순간, 안개와 함께 모습을 보인 청년의 모습에 두 무사의 표정이 굳어졌다. 안개 너머에서 다가오던 사람이 없었기 때문이다. 마치 하늘에서 떨어진 것처럼 청년이 순식간에 눈앞에 나타나자 두 무사는 긴장하여 일제히 검을 뽑아들었다.

"방문자가 있다는 말은 들어보지 못했는데? 누구시오?"

"이름과 방문 목적을 말씀하시기 바라오."

둘의 굳은 목소리에 청년은 한 걸음 앞으로 나서며 말했다.

"내 물건을 찾으러 왔소."

말과 함께 걸음을 옮긴 청년의 그림자가 두 개로 늘어나는 듯하더니 어느새 두 무사의 뒤통수를 가격했다.

퍼퍽!

두 무사의 눈동자가 커지더니 이내 힘없이 바닥에 쓰러지자 청년은 그들을 지나쳐 커다란 정문 앞에 멈춰 섰다.

"휴우……."

짧은 숨을 내쉰 청년은 곧 양손에 힘을 주고 대문을 열었다.

쾅! 쾅!

멀리서 들리는 폭음에 잠을 자던 장구조는 눈을 떴다. 그는 곧 재빠르게 옷을 입고 창가로 걸어갔다.

오 층 거각의 가장 상층에서 기거하는 그였기에 귀문의 모습을 한눈에 볼 수 있었다.

쾅!

폭음과 함께 저 멀리 유림관 쪽에서 많은 사람들이 움직이는 모습이 눈에 잡혔다.

둥! 둥! 둥! 둥!

갑자기 울리는 커다란 북소리와 일사불란하게 움직이는 많은 무사들의 모습이 눈에 들어오자 장구조는 안색을 바꾸며 밖으로 뛰어나갔다.

"적이라니? 믿을 수가 없군."

장구조는 지금까지 귀문에 쳐들어온 적을 단 한 번도 본 적이 없었기에 매우 놀랐다. 무엇보다 적이 쳐들어온다는 사실조차 몰랐다는 것에 더욱 놀랐다.

"풍운회인가?"

장구조는 일층으로 내려가며 많은 생각을 하였다. 그러나 귀문에 쳐들어올 수 있는 적이라면 풍운회밖에 떠오르지 않았다. 하지만 풍운회가 움직였다면 귀문이 모를 리 없었다. 도처에 풍운회를 감시하는 귀문의 귀와 눈이 있었기 때문이다.

어떠한 전조도 없던 기습에 귀문은 우왕좌왕했다.

"무슨 일이냐?"

장구조는 달려오는 수하를 보며 물었다.

"적이 유림관에서 백룡원으로 가고 있다 합니다."

퍽!

"큭!"

장구조의 손이 수하의 얼굴을 지나쳤다. 옆으로 쓰러진 수하가 재빠르게 부복하자 장구조가 말했다.

"보고를 하려면 제대로 해야지! 인원은?"

"그게…… 아직 잘 모르겠습니다. 워낙 급작스럽게 나타난 적이다 보니……."

"이런 멍청한. 가자!"

장구조가 혀를 차며 빠른 걸음으로 움직였다.

콰쾅!

백룡원의 중앙에 놓인 다리를 부순 장권호는 호수를 사이에 두고 무너진 다리 너머에 몰려든 무사들을 바라보았다. 삽시간에 수많은 무사들이 몰려들었고, 호수의 수면 위로 십여 구의 시신이 떠 있었다.

장권호는 무너진 다리 건너편에서 기세등등한 살기를 뿌리고 있는 귀문의 무사들을 둘러보며 말했다.

"문주가 안 보이는군? 어디 갔나?"

"네놈은 누구냐!"

장권호의 물음에 오히려 장권호를 추궁하는 목소리가 터져 나왔다. 장권호는 목소리의 주인인 중년인을 쳐다보았다.

그러자 중년인이 대답 없는 장권호의 모습에 분노한 표정으로 소리쳤다.

"뭐하느냐! 어서 쳐라! 죽여 버려!"

중년인의 외침에 살기를 뿌리고 서 있던 무사들이 일제히 몸을 날려 호수를 건너려 했다.

쉭쉭!

옷자락 휘날리는 소리와 함께 달려드는 그들을 향해 장권호는 비릿한 조소를 보이며 손을 움직였다.

퍼펔!

그의 오른손이 보이지도 않을 만큼 빠르게 날아드는 무사들의 안면을 가격했다.

"으악!"

"컥!"

풍덩! 풍덩!

비명성과 외침이 동시에 터지며 호수에 빠지는 무사들이 속출하였다.

풍덩! 풍덩!

장권호의 손이 움직일 때마다 무사들이 호수에 빠졌다. 그러자 뒤에서 보던 중년인이 다시 한 번 어깨를 떨며 외쳤다.

"뭣하느냐! 수영이라도 해서 건너야 할 거 아니냐! 저자를 죽이면 황금 백 냥을 줄 것이다!"

그의 외침에 무사들의 눈빛이 변하더니 미친 듯이 호수를 건너기 시작했다.

일제히 무사들이 달려오자 장권호는 붕괴된 다리를 벗어나 뭍에 내려섰다.

"재미있군."

장권호는 미소를 보이며 신형을 돌려 백룡원의 담벼락을 넘었다.

"와아아아!"

순간 커다란 함성과 함께 수많은 무사들이 일제히 백룡원의 담을 넘어 장권호를 추적하기 시작했다.

삼 층으로 이루어진 귀선원의 커다란 대전 지붕 위에 올라선 장권호는 사방에서 몰려든 수많은 귀문의 무사들을 쳐다보았다. 어디에서 이렇게 많은 사람들이 몰려들었는지 모르겠지만 아직도 계속 몰려들고 있었으며, 저 멀리 지붕 사이사이 옷을 챙겨 입고 나오는 무사들도 눈에 띄었다.

"과연 사패 중 하나라더니……."

장권호는 귀문이 사패 중 하나라는 사실을 다시 한 번 상기하다 인상을 찌푸렸다. 이백여 명의 무사들이 일사불란하게 열을 맞추더니 활시위를 겨누었기 때문이다. 그 뒤로 화살을 활에 먹인 무사 이백여 명이 보였다.

"쏴라!"

옆에 서 있던 젊은 청년이 외치자 화살이 활을 떠나 곡선을 그리며 장권호를 향했다.

팍!

장권호의 신형이 화살비를 피해 앞으로 나아갔다. 가만히 있다가는 꼬치가 될 게 뻔했기 때문이다.

파파팍!

그가 서 있던 자리에 수많은 강전들이 박혀들었다.

"쫓아라!"

외침과 함께 귀선원의 담을 향해 나아가는 장권호의 앞으로 수많은 무사들이 달려들었다. 장권호의 오른손이 앞으로 뻗어 담장을 향했다.

"합!"

쾅!

강력한 폭음과 함께 사방으로 돌덩어리들이 튀었으며, 가까이에 있던 무사들의 신음성이 울렸다.

담장이 터지면서 날아든 돌에 맞은 무사들이었다. 너무 가까이에 있었기에 미처 피하지 못한 것이다. 그 사이로 장권호의 신형이 날아들었다.

쉬악!

그의 신형이 바람처럼 담을 지나 커다란 정원에 도착하자 강력한 기운이 담긴 검날이 날아들었다. 장권호의 신형이 옆으로 움직이며 피했다.

팟!

먼지를 가르고 내려선 유정역은 귀문의 무사들을 피해 나아가는 장권호를 향해 외쳤다.

"멈춰라! 무인이 되어서 피하기만 하다니 부끄럽지도 않느냐!"

장권호는 그러한 외침에 비웃음을 입가에 걸며 그저 앞으로 나아갔다. 그러다 십여 명의 무사가 진을 치고 마치 기다렸다는 듯 달려들자 장권호 역시 성난 사자처럼 양손을 펼치며 달려들었다.

퍼퍽!

처음의 두 명이 장권호의 주먹에 복부를 강타당해 그 자리에서 뒤로 튕겨 나갔다. 그 자리에 생긴 공간을 빠져나온 장권호는 지붕 위로 올라섰다.

슈슈슉!

수십 개의 화살이 장권호를 향해 날아들었다. 장권호는 마치 기다렸다는 듯이 날아드는 화살비를 보다 지붕을 차고 올랐다.

팍!

휘리리릭!

그의 신형이 허공으로 솟구치는 듯하더니 삽시간에 삼십여 장을 나아갔다. 그 모습에 달려오던 수많은 무사들의 눈이 커졌다.

"어풍비행(御風飛行)!"

누군가가 그 모습에 놀라 외쳤다.

쉬아악!

바람을 타고 허공을 날던 장권호는 고개를 돌리다 눈을 반짝였다. 달려오는 추소령의 모습이 눈에 잡혔기 때문이다. 마침 추소령도 고개를 돌리다 나무 사이로 내려서는 장권호와 눈이 마주쳤다.

"앗!"

추소령이 놀라 눈을 크게 뜨는 순간, 장권호의 신형이 어느새 추소령의 앞에 나타났다.

"헉!"

추소령은 눈을 부릅떴다. 장권호가 순식간에 바로 앞에 나타나자 깜짝 놀란 것이다.

"장…… 장 소협?"

"맞소."

장권호는 고개를 끄덕이며 추소령의 옆에 늘어선 십여 명의 무사를 향해 바람처럼 움직였다.

퍼퍼퍽!

무사들을 공격하느라 순식간에 십여 개로 늘어났던 그의 신형이 어느새 하나로 합쳐져 추소령의 마혈을 짚었다.

털썩! 털썩!

그녀의 주변에 서 있던 무사들이 너 나 할 것 없이 마치 시체처럼 바닥에 쓰러지자 추소령은 더더욱 눈을 크게 떴다.

"뭐하는 짓이에요!"

추소령이 놀라 외치자 장권호는 그녀를 안아들더니 말했다.

"추 소저도 알 텐데, 모르는 척하는 것이오?"

장권호의 말에 추소령의 표정이 굳었다. 추소령은 살기를 보이며 싸늘하게 말했다.

"무모한 사람이군요."

"두고 보면 알 것이다. 귀문이 나를 속인 것이 무모했다는 것을."

장권호의 목소리가 차갑게 변하자 추소령이 서둘러 말했다.

"속은 사람이 잘못 아닌가요?"

추소령의 말에 장권호가 그녀를 어깨에 올리더니 엉덩이를 손으로 때렸다.

찰싹!

"악!"

추소령의 비명성에 달려들던 무사들이 일제히 걸음을 멈추었고, 담장과 지붕 위에서 활시위를 겨누던 무사들도 손을 거두었다. 장권호는 잠시 자신을 노려보는 수많은 사람들을 쳐다보다 곧 땅을 찼다.

"역시 사파의 여식이로군."

"귀문의 여자라는 것을 부정한 적은 없어요."

추소령은 싸늘하게 말했다.

그녀의 말에 장권호는 그저 가볍게 미소만 보일 뿐이었다.

쉬쉭!

바람처럼 지붕을 넘어 커다란 대전의 지붕 위로 올라선 장권호는 그녀를 옆에 눕혀놓고는 복부에 발을 올려놓았다.

"뭐하는 거예요! 어서 풀어주세요!"

"발에 조금만 힘을 주면…… 네 모습이 어떻게 될지는 스스로도 알 거야. 그러니 조용히 해."

장권호의 말에 추소령은 놀라 표정을 굳혔다. 그런 그녀의 안색이 퍼렇게 변하기 시작했다.

"내, 내가 죽으면 당신 역시 무사하지 못해요. 시체는 까마귀밥이 되겠지요."

추소령의 말에 장권호가 비웃었다.

"설마 내가 내 목숨 구해보자고 너를 인질로 삼았다고 생각하나?"

"아닌가요?"

추소령의 물음에 장권호는 고개를 끄덕였다.

"나한테 있어서 네 목숨은 그저 물건 교환용 정도지……
그 정도일 뿐이야."

장권호는 말을 한 후, 지붕 위에 올라온 장구조를 쳐다보았다.

"본인은 장구조라 하오."

"그래서?"

"아가씨를 놓아주시오."

장구조가 안색을 바꾸며 장권호를 향해 강한 살기를 보였다.

"놓아줄 거라면 이렇게 잡지도 않았고 죽이려 하지도 않았겠지."

"아악!"

장권호의 발에 힘이 들어가자 추소령의 입에서 비명성이 터져 나왔다.

"멈춰!"

장구조가 놀라 한 발 나서며 외쳤다. 장권호는 담담한 표정으로 장구조를 바라보며 말했다.

"나는 내 물건만 찾으면 그만인데…… 내놓을 텐가?"

"물건을 찾고 싶으면 아가씨를 먼저 내놓아라."

장구조의 말에 장권호가 고개를 저었다.

"물건을 내놓으면 바로 넘겨주지. 그건 걱정하지 마."

장권호의 말에 장구조는 어떻게 해서라도 추소령을 구해야 한다는 생각에 고개를 끄덕였다.

"가져와라!"

장구조의 외침에 지붕 밑에서 검과 도를 든 무사 한 명이 올라왔다. 장구조는 검과 도를 손에 쥐곤 다시 말했다.

"네 물건이지?"

"잘 있었군."

"지금 줄 테니 아가씨를 보내라."

"물건 먼저 줘야지."

"흥! 흥정을 하겠다는 것이냐!"

장구조의 외침에 장권호는 차갑게 말했다.

"솔직히 물건 때문에 이 여자를 사로잡았지만 생각이 바뀔 수도 있어."

"아아악!"

추소령이 다시 한 번 비명을 토하더니 온몸을 떨었다.

"죽여 버리겠어! 개 같은 자식!"

추소령이 눈물범벅된 얼굴로 외치자 장권호는 장구조를 향해 손을 내밀었다.

"던져. 내 물건이 무사한지 확인하면 바로 넘길 테니까. 어차피 내게는 필요 없는 짐이나 마찬가지야."

장권호의 말에 장구조는 눈살을 찌푸리다 곧 검과 도를 장권호에게 던졌다. 장권호는 날아드는 검과 도에 강한 내력이 담긴 것을 알았으나 크게 신경 쓰지 않는 표정으로 잡았다.

타탁!

검과 도를 손에 쥔 장권호는 검과 도를 반쯤 꺼내 확인한 후 도는 어깨에, 검은 허리에 걸쳤다.

"이제 아가씨를 놓아주거라."

"물론 그래야지."

장권호는 추소령을 안아들었다. 추소령의 살기가 담긴 눈빛이 따갑게 장권호를 노려보았다.

"죽여 버릴 거야."

낮은 목소리로 추소령이 중얼거리자 장권호는 고개를 끄덕였다.

"능력이 되면 해봐."

휙!

장권호는 말을 마침과 동시에 추소령을 대전 밑으로 던졌다.

"우와아악!"

"아가씨!"

"구해랏!"

순간 밑에 있던 무사들이 일제히 당황한 듯 움직였다.

그 순간 바람처럼 허공을 날며 추소령을 안아든 인물이 있었다.

"내가 좀 늦었군."

"석 장로님."

바닥에 내려선 중년인은 반백에 날카로운 인상의 인물이었다. 그는 추소령을 내려놓고는 그녀의 마혈을 재빨리 풀어주었다.

"썩을 놈이로군."

석근중은 지붕 위에 서 있는 장권호를 향해 중얼거리다 곧 땅을 찬 후 지붕 위로 솟구쳤다.

쉬아악!

번개처럼 지붕 위로 날아든 그는 재빨리 장권호를 향해 십여 개의 검빛을 뿌렸다. 거미줄처럼 촘촘히 날아드는 검기에 장권호는 다리에 힘을 주었다.

쿵!

그의 신형이 꺼지듯 지붕을 뚫고 대전 안으로 떨어졌다.

"천근추로군."

석근중은 중얼거리며 같은 수법으로 대전 안으로 떨어졌다.

퍽!

"끅!"

석근중은 허리를 활처럼 굽히더니 전신을 떨었다.

"당신 바보로군."

장권호는 중얼거리며 뒤로 한 발 물러섰다. 천근추로 내려선 석근중은 밑에서 기다렸다는 듯이 날아든 장권호의 주먹을 미처 피하지 못한 것이다.

털썩!

기절한 듯 바닥에 쓰러진 석근중을 본 장권호는 이내 넓은 대전 안으로 들어온 장구조를 바라보았다.

핏!

장권호는 장구조와 눈이 마주치는 순간, 장구조의 신형이 마치 가느다란 실처럼 변한 것을 보았다. 장권호의 안색이 변하더니 재빠르게 허공을 넘어 장구조의 자리로 이동하였다.

퍽!

장구조는 장권호의 잔상만을 뚫고 지나치자 매우 놀란 표정으로 신형을 돌렸다.

"대단한 놈이로군."

장구조는 진심으로 감탄한 듯 중얼거렸다.

"나는 이제 가야겠다. 잘 있으라고."

쾅!

장권호는 벽면을 주먹으로 뚫은 후 밖으로 나갔다. 그러자 함성과 함께 강력한 기운이 폭발하듯 대전의 벽면 쪽에서 일어났다.

콰쾅!

"헉!"

장구조는 석근중을 살피다 벽이 터지며 다시 안으로 들어온 장권호를 보았다. 장권호는 안색을 굳힌 채 앞을 쳐다보았다. 그 순간 두 명의 중년인이 재빨리 안으로 들어오더니 장권호를 핍박하였다.

"어디서 온 놈이냐!"

"하늘 무서운 줄 모르는 놈이로군!"

두 반백의 중년인은 장권호를 향해 차가운 검광을 번뜩이며 쉬지 않고 몰아쳤다.

"이 장로님, 연 장로님!"

장구조는 두 명의 장로가 나타나자 밝은 표정으로 자리에서 일어섰다. 두 장로의 무공이 어느 정도인지 잘 아는 장구조였기에 장권호를 쉽게 잡을 거라 여겼다.

연신 몸을 피하던 장권호의 신형이 어느 순간 대전의 중앙에 멈춰 서더니 왼팔을 앞으로 뻗었다.

쉬악!

강력한 권풍이 일며, 그 사이로 가느다란 천잠사가 벽면에 박혔다. 앞으로 나서던 이 장로와 연 장로는 권풍에 놀라 좌우로 몸을 피했다. 동시에 장권호의 빈 옆구리로 날아들었다.

쉬쉭!

검광이 번뜩였고 강한 바람이 장권호의 몸을 조각내려는 듯 몰아쳐 갔다. 그 순간 장권호의 왼손이 좌우로 빠르게 움직였다.

퍼퍽!

"헉!"

장구조는 놀라 눈을 부릅떴다.

"이럴 수가……."

장구조는 허공중에 날아오른 이 장로와 연 장로의 머리를 눈으로 좇으며 저도 모르게 입을 벌렸다. 믿어지지 않는 일이 일어났기 때문이다.

"쓸 만하군."

장권호의 목소리에 장구조의 시선이 그를 향했다. 장권호는 대전의 중앙에서 왼팔로 원을 그리더니 곧 장구조를 쳐다보았다. 장구조의 안색이 굳어졌다.

장권호는 천잠사를 팔에 감고 장구조를 쳐다보았다. 하지만 장구조의 살기가 어느새 사라진 것을 확인하곤 그가 전의(戰意)를 잃어버린 것을 알았다.

그런 그를 더 이상 상대할 필요가 없다고 생각한 장권호는 곧 밖으로 나갔다.

"휴우……."

장권호가 밖으로 나가자 장구조는 옆에 누운 석근중을 바라보다 곧 입가에 미소를 보이더니 검을 들어 올렸다.

퍽!

쾅!

"크아악!"

"아악!"

수많은 무사들의 앞으로 몸을 날린 장권호는 모여든 무사들을 몸으로 밀어버렸다. 그의 전신에 싸여진 호신강기의 강력함이 무사들의 무기조차 조각냈으며, 마치 파도처럼 무사들의 신형이 쓰러져 갔다.

"헉!"

"이럴 수가!"

거대한 연무장의 한쪽에 서 있던 귀문의 간부들 역시 그 모습에 믿을 수 없다는 듯 눈을 부릅떴다. 단 한 번의 부딪침에 백여 명에 달하는 무사들이 쓰러졌기 때문이다.

"붙지 말고 산개하라!"

장구조가 어느새 나타나 외치자 귀문의 무사들이 일정한 거리를 두고 옆으로 늘어섰다. 그 행동에 장권호는 고개를 끄덕였다. 예상보다 빠른 대처였기 때문이다.

"삼호진을 펼친다!"

장구조가 다시 외치자 무사들이 일제히 삼인 일조로 열을 맞추었다. 한 명이 앞에 있고 두 명이 뒤에 서 있는 모습이었다.

"호오……."

장권호는 눈을 반짝이며 무사들의 모습을 쳐다보았다.

거대한 연무장을 가득 메운 무사들은 같은 모습, 같은 형태로 장권호를 에워싼 상태였다. 그들의 거대한 기도에 어느 누구라도 주눅이 들고 두려움에 떨 수밖에 없을 것 같았다. 단 한 번에 온몸을 찢어버릴 기세였다.

"와아아아!"

순간 수많은 귀문의 무사들이 일제히 함성을 내뱉었으며 허공으로 솟구쳤다. 마치 사자후를 보는 듯했다.

장권호는 그들의 사기가 고무된 것을 알고는 인상을 굳혔다. 하지만 크게 걱정하지는 않았다. 어차피 자신은 혼자였고, 혼자라면 어떻게 해서라도 이들과 결판을 낼 자신이 있었기 때문이다.

스릉!

장권호는 검을 꺼내 오른손에 쥐었다.

"하하하하하!"

커다란 웃음소리가 울리고 장권호의 앞을 막아섰던 무사들이 좌우로 물러난 것은 장권호가 검을 손에 쥐었을 때였다.

장권호는 계단 위로 나타난 귀문의 문주 추야장과 그 좌우로 늘어선 이십여 명에 달하는 강한 기도의 사람들을 바라보았다.

장권호의 시선이 추야장을 바라보다 그 우측에서 강한 살기를 보이며 쏘아보는 추소령을 보았다.

추소령은 씹어먹을 듯 장권호를 노려보고 있었다. 지금까지 살면서 이렇게 추한 모습을 남에게 보인 적은 없었기 때문이다. 그 창피함과 분노가 머리끝에 다다른 상태였다. 어떻게 해서라도 장권호를 죽이고 싶었다.

"정말 마음에 드는 놈이로군."

추야장은 계단 끝에 서서 장권호를 내려다보며 수염을 쓰다듬었다. 그러자 추소령이 옆에서 낮게 말했다.

　"사로잡아야 해요."

　그 말에 추야장은 딸을 쳐다보았다.

　"제게 창피를 준 사람이에요. 사로잡아서 살지도 죽지도 못하게 만들 거예요."

　그녀가 극에 달한 살기를 보여주자 추야장은 가볍게 안색을 바꾸며 말했다.

　"부끄러운 줄 알면 나서지 말고 기다리거라, 아비가 알아서 할 테니."

　"예……."

　추야장의 낮은 목소리에 강한 기도가 실려 있자 추소령은 고개를 숙였다. 추야장은 그런 추소령의 어깨를 두드려 주고는 곧 장권호에게 시선을 던졌다.

　"귀문 역사에서 오늘처럼 창피한 날도 없을 것이다."

　추야장은 낮은 목소리로 말했으나 그 소리는 장권호의 귓가에 크게 울렸다.

　장권호는 추야장을 바라보고 있었으나 실제론 삼면을 가로막고 있는 무사들의 기도와 호흡을 살피고 있었다. 적어도 이곳을 뚫고 나가려면 가장 약한 무사들이 모인 곳을 쳐야 했기 때문이다.

　"본 문의 명예는 네놈 하나 때문에 땅에 떨어졌다. 그 책임을 네게 묻겠다."

추야장의 말이 끝나자 장권호가 입가에 미소를 그렸다. 그의 투기가 사납게 일어나기 시작했으며 강력한 신광이 눈동자에서 번뜩였다.

"오늘 귀문에 와보니 과연 명불허전(名不虛傳)이오. 오늘 이곳 귀문에서 나 장권호의 이름을 널리 떨치겠소."

장권호의 낮은 목소리가 마치 파도처럼 변하여 사방으로 울렸다. 그의 그러한 목소리에 추야장이 어깨를 떨었다. 허나 그것도 잠시뿐, 그는 곧 입가에 미소를 걸치더니 호탕하게 웃었다.

"하하하하하!"

그의 웃음소리가 마치 사자후처럼 허공으로 솟구치자 주변에 있던 사람들이 귀를 막으며 고통스러운 듯 일그러진 표정으로 허리를 숙였다.

"대담한 놈이로다! 네놈처럼 하늘 높은 줄 모르는 한 마리 들개를 길들이는 것도 기분 좋은 일이겠지."

추야장은 강한 살기를 뿌리며 다시 말했다.

"네놈이 용서를 구하고 본 문에 들어온다면 나는 네놈을 최고의 대우로 맞이할 것이다. 또한 오늘 네놈이 본 문에서 행한 잘못 또한 없었던 것으로 하겠다. 잠시의 시간을 줄 터이니 잘 생각해 보거라."

귀문주인 추야장의 말에 삽시간에 주변이 소란스럽게 변

하였다. 추야장의 뒤로 많은 무사들이 의자를 들고 와 놓고 물러났다. 추야장은 곧 의자에 앉은 후 장권호를 향해 말했다.

"네 인생이 걸린 일이니 여유를 가지고 잠시 생각해 보거라."

"그럽시다."

장권호의 대답에 추야장은 미소를 보였다.

곧 추야장의 옆에 작은 다탁이 놓여지고 추소령이 찻주전자를 들고 와 찻잔에 차를 따랐다. 추야장은 차를 마시며 느긋한 표정으로 장권호를 응시했다.

아무도 입을 열지 않았고, 아무도 움직이지 않았다.

고요한 공기만이 거대한 연무장을 가득 채웠으며 금방이라도 터질 듯한 폭풍 같은 기운들이 바람과 함께 움직였다.

탁!

다탁 위로 찻잔이 내려지자 낮은 소리가 울렸다. 그것이 끝이라는 것을 모르는 사람은 아무도 없었다. 그리 길지도 짧지도 않은 시간이었다.

"생각해 봤느냐?"

"생각할 것도 없이 거절이오."

"진정 죽기를 바라는군."

추야장의 말에 장권호는 고개를 저었다.

"그건 아직 모르는 일이오."

장권호의 말에 추야장은 고개를 끄덕였다. 그리곤 주변을 향해 말했다.

"저놈의 목을 가져오는 사람에게 지위 고하를 막론하고 후한 상과 함께 내 딸을 주겠다. 나설 사람 있느냐?"

"부인이 있어도 말입니까?"

"물론이다."

추야장은 공손의의 물음에 고개를 끄덕였다. 그러자 공손의가 앞으로 나섰다.

그가 나서자 좌우로 수많은 귀문의 무사들이 물러섰다. 그들이 물러서는 발소리가 마치 지진처럼 땅을 울렸다.

공손의는 장권호의 앞에 내려와 소매를 늘어뜨리며 말했다.

"이렇게 다시 보니 반갑군."

"반갑소."

장권호가 고개를 살짝 움직였다. 공손의는 곧 한 발 나서며 말했다.

"자네를 죽이는 일만큼은 생기지 않기를 바랐는데 어쩔 수가 없게 되었군."

"추 소저가 목적은 아니고?"

"이 나이에 부인 한 명 더 둔다고 해서 무슨 의미가 있겠나? 솔직히 말하면 자네와 겨루고 싶었지."

핑!

말이 끝남과 동시에 공손의의 소매에서 두 개의 비침이 반짝이며 허공을 날았다. 장권호는 재빨리 검을 들어 막았다.

따당!

묵빛 검날에 부딪친 비침 두 개가 방향을 바꾸어 우측에 서 있던 무사들에게로 날아갔다.

퍼퍽!

"악!"

미처 피하지 못한 무사 한 명이 어깨와 가슴에 박힌 비침으로 인해 고통스러운 표정을 지으며 바닥에 쓰러지자 귀문의 무사들이 일사불란하게 물러섰다. 가까이에 있으면 싸움에 휘말릴 게 뻔하기 때문이다.

피핑!

양손을 번갈아 앞으로 뻗자 두 개의 비침이 또다시 장권호의 면전으로 날았다. 장권호는 허리를 숙여 피하며 공손의의 좌측으로 붙었다.

휘릭!

빠르게 움직이는 그의 행동에 공손의는 신형을 틀어 발을 뻗었다.

핑!

신발 끝에서 강침 하나가 튀어나왔다.

"......!"

장권호는 눈을 반짝이며 강침을 튕겨냈다. '땅!' 하는 소리와 함께 튕겨진 강침이 허공으로 솟구쳤다. 그사이 공손의의 좌장이 앞으로 뻗어 나와 장권호의 가슴을 때렸다. 장권호는 기다렸다는 듯이 좌장을 향해 검을 찔렀다.

땅!

검 끝에 강침 하나가 튕겨 나감과 동시에 빛이 번뜩이며 긴 송곳 하나가 튀어나와 장권호의 검을 가로질렀다.

퍽!

"흡!"

장권호의 신형을 뚫은 송곳은 허공중에서 몸을 떨었다. 하지만 공손의의 표정은 굳어진 채 펴지지 않았다. 장권호의 잔상이 곧 흩어졌기 때문이다.

고개를 돌린 공손의는 삼 장 밖에 서 있는 장권호를 바라보며 안색을 바꾸었다.

"놀랐소."

장권호는 소매에 뚫린 구멍을 흔들며 말했다. 설마하니 송곳이 튀어나올 거라고는 상상도 하지 못했기 때문이다.

쉭!

소매 속으로 공손의의 송곳이 사라지자 장권호는 그 모습도 신기한 듯 말했다.

"도대체 품에 얼마나 많은 암기를 감추고 있는 것이오?"

"나도 모르네. 일일이 기억하지 않거든."

공손의는 양 소매를 들어 올리며 미소를 보였다. 장권호는 곧 검을 늘어뜨리며 한 발 나섰다.

"그럼 얼마나 많은지 한번 봐야겠소."

핑!

장권호가 한 발 앞으로 나서는 순간 묵빛 점이 공손의의 눈앞에 찍혔다.

"……!"

공손의가 놀라 신형을 돌리며 회전하였고, 뒤이어 그의 소매에서 십여 개의 가느다란 비침이 튀어나왔다.

파팡!

소맷자락이 흔들리는 소리와 함께 공손의가 땅으로 내려섰다. 그 순간 또다시 십여 개의 묵빛 점이 눈앞에 나타났다. 마치 붓으로 찍은 듯한 모습이었다. 공손의는 그 속에 담긴 날카로움에 놀라고 있었다.

스릉!

공손의의 오른 소매에서 단도가 빠져나오더니 묵빛 점을 잘라갔다.

따당!

금속음과 함께 강렬한 충격에 뒤로 밀려 나간 공손의는 자세를 고쳐 잡으며 다가오는 장권호를 향해 왼 소매를 펼쳤다.

피핑!

십여 개의 강침이 바람처럼 허공을 갈랐다. 장권호는 여전히 같은 표정으로 한 발 내딛으며 검을 앞으로 뻗었다.

따다당!

그의 검이 빠르게 움직이는 듯 보이더니 어느새 강침을 모두 튕겨내었다. 그리곤 여지없이 허공을 찍듯 검 끝으로 찍었다.

핏!

묵빛 점 하나가 또다시 공손의의 눈앞에 나타났다.

공손의는 단도를 들어 십여 개의 도기를 뿌리며 잘라갔다. 하지만 점은 마치 그림자인 것처럼 잘라도 잘라도 사라지지 않았다. 마치 그 자리에 있는 것처럼 끝없이 쫓아오는 기분이 들었다.

공손의의 이마에서 식은땀이 흘렀다.

"무슨 무공이냐!"

공손의가 연신 뒤로 물러서며 외치자 장권호는 여전히 검을 공손의의 미간에 겨눈 채 앞으로 걸어오며 말했다.

"장공(長功)이오."

검법의 이름을 물었는데 이상한 말을 하자 공손의는 어이가 없다는 표정을 짓고 신형을 우측으로 돌렸다. 그 짧은 찰나의 순간 점은 사라졌고, 공손의의 양 소매가 흔들렸다.

쉬쉬쉭!

삼십여 개의 비침이 마치 폭포수처럼 장권호를 향해 쏘아져 나갔다. 장권호의 신형이 흐릿하게 흔들렸다.

퍼퍽!

비침들이 장권호의 잔상을 갈라버리는 순간 공손의는 왼손을 들어 본능적으로 우측을 막았다.

바람 소리가 미세하게 들렸기 때문이다.

땅!

장권호는 오만상을 찌푸린 채 땀에 젖은 공손의의 얼굴을 노려보았다.

"이놈……!"

공손의가 어깨를 떨며 점점 뒤로 기울어갔다. 장권호의 힘을 이기지 못하였기 때문이다. 오른손으로 왼 손목을 잡아 위로 밀었으나 몸만 떨릴 뿐이었다.

"그만하시오, 승부는 이미 결정 난 것 같으니."

"후후……."

공손의가 장권호의 말에 비웃음을 흘리며 왼 손목을 잡은 오른손의 검지를 폈다.

팍!

순간 소매 속에서 송곳이 튀어나왔고, 장권호의 신형이 바람처럼 공손의의 옆으로 돌아섰다.

퍽!

장권호의 수도가 공손의의 뒤통수를 가격하자 공손의는 힘없이 바닥에 쓰러졌다.

털썩!

바닥에 쓰러진 공손의를 한 번 본 장권호는 귀문의 문주인 추야장을 쳐다보며 말했다.

"귀문에는 고수가 없는 모양이오."

장권호의 말에 추야장의 눈썹이 꿈틀거렸고, 그의 전신에서 강한 기도가 흘러나왔다.

"누구 없느냐?"

추야장의 낮은 목소리에 바람처럼 허공을 가르며 장권호의 앞에 검을 든 청년이 나타났다. 그는 추야장의 넷째 제자인 감록이었다.

"붙어보고 싶었다."

"훗!"

장권호의 입가에 미소가 그려졌다.

제6장

그는 약속을 지켰다

손자는 이런 말을 했다고 한다. '싸우지 않고 이기는 것이 최선이다.' 그 말을 들었을 때 상당히 오랜 시간 동안 아무 말도 못하고 아무 생각도 못하였다.

싸우지 말고 이기라니? 그럼 무공은 왜 배우는 것일까? 남과 싸우려고 익히는 것이 무공인데, 무공 자체를 부정하는 말이 되어버리는 것이 아닐까? 그런데 그때는 내가 무공을 익히는 목적 자체가 나의 강함을 남에게 보이기 위함이었기에 이 말에 충격을 느꼈다는 것을 알았다. 지금은 패배자가 되지 않기 위해 익히는 게 무공이란 생각이 든다.

감록과의 대결은 싱겁게 끝났다. 이미 비선검법에 대해 어느 정도 견식을 한 장권호였기에 감록을 상대함에 있어서 어려움이 없었다.

이문성과 같은 패력도 없었고, 추야장보다 현격하게 느린 그의 비선검법으로 장권호를 이기기는 불가능했다.

공손의와 함께 무사들에게 실려 나가는 감록의 모습은 초라했다.

휘릭!

그 후 허공을 날아 바닥에 내려선 인물은 사십 대 초반의 중년인으로, 상당히 날카로운 안광과 패기를 지닌 인물이었다. 지금까지 만난 상대들과는 사뭇 다른 기도를 뿌리는 중년인은 장권호를 향해 살기를 드리웠다.

"야차각주 채영이다."

짧게 자신의 이름을 말한 그는 일반 검보다 길이가 짧은 중단검을 뽑아들었다. 날카로운 한광이 번뜩이는 중단검이 햇살을 받아 반짝였다.

채영의 등장에 기세가 올랐는지 무사들의 사기가 높아졌고 수많은 사람들이 내뿜는 위압감이 가중되었다.

그에 장권호는 채영이 귀문에서도 손에 꼽히는 고수라는 사실을 알았다.

그의 생각처럼 채영은 귀문에서 다섯 손가락 안에 드는 고수였다.

귀문주인 추야장은 그를 어렵게 귀문에 들였으며, 십여 년 동안 귀문에서 활동한 그였다. 그가 귀문에 들어갔다는 소문에 한동안 강호가 시끄러웠던 적도 있었다.

우연히 혈교(血敎)에 의해 멸문하고 사라진 종남파의 부운신공(浮雲神功)을 익히게 된 그는 강한 내력을 바탕으로 펼치는 운성쾌검(隕星快劍)이 일품이었다.

슥!

검을 살짝 위로 든 채영은 반보 앞으로 나서며 말했다.

"먼저 가겠다."

"같이 갑시다."

쉭!

슥!

말과 함께 채영의 신형과 장권호의 신형이 마치 기다렸다는 듯이 서로에게 다가갔다.

따당!

처음의 울림은 둘의 검이 교차하며 만들어냈다. 채영의 운성쾌검은 뱀처럼 흔들리며 장권호의 양어깨를 노렸고, 장권호는 양어깨를 막은 후 채영의 목을 찔렀다.

공손의를 힘들게 했던 묵빛 점이 채영의 눈앞에 찍힌 것이다. 하지만 채영은 아무런 표정의 변화 없이 허리를 낮추어 점을 무시하고 장권호의 허리를 잘라왔다.

슥!

채영의 검에서 길게 뻗은 유형의 검기가 섬전처럼 장권호의 허리를 잘랐다.

장권호는 그러한 채영의 움직임에 놀랍다는 듯 검을 거두어 왼 허리를 막았다.

쩡!

강력한 금속음과 함께 장권호의 신형이 뒤로 밀려 나갔으며, 곧이어 채영의 신형이 먹이를 노리는 맹수처럼 빠르게 다가왔다.

"호오……."

장권호는 자신이 밀려 나갔다는 것에 매우 놀라고 있었다.

강력한 호신강기이자 가장 기본이 되는 삼쇄공을 운용 중인 상태에서 채영의 검에 밀려났기 때문이었다. 자신의 삼쇄공이 무력화될 정도로 채영의 내력이 강하다는 증거였다.

장권호는 다가오는 채영을 보자 곧 분쇄공을 운용하여 검을 찔렀다.

파파팟!

십여 개의 묵빛 점이 허공중에 찍혀 채영의 전신을 노렸다.

채영은 삽시간에 사방으로 안개가 흩어지듯 잔상만을 남기고 흩어지더니 어느새 장권호의 좌측에 나타나 허리를 베어갔다.

핏!

백색 광채가 피어나더니 채영의 신형이 사라짐과 동시에 빛이 커졌고, 어느 순간 빛은 장권호를 지나쳤다.

운성쾌검의 절초인 섬광절(閃光絕)이었다.

팟!

재빠르게 돌아선 채영은 자신의 검에서 살을 베는 느낌을 미세하게 느꼈다. 그러다 장권호를 완전히 베지 못한 것에 놀라 장권호를 바라보았다.

장권호는 좀 전의 자리에서 불과 이 보 옆에 서서 옆구리를 만지고 있었다.

슥!

옆으로 돌아선 장권호는 검을 늘어뜨린 후 채영을 노려보았다. 자신의 호신강기를 뚫고 들어온 채영의 검기가 살을 베었기 때문이다. 분쇄공을 운용한 자신의 검을 모두 피한 그의 움직임도 놀랍지만 살이 베였다는 사실에 기분이 나빴다. 그의 기도가 강하게 발하기 시작했고 투기도 상당히 높아졌다.

장권호는 반보 앞으로 나오더니 검을 앞으로 뻗었다.

"제대로 상대하겠소."

웅!

장권호의 검이 크게 울리더니 소리를 내기 시작했다. 일원공의 강한 내력이 검에 실리기 시작한 것이다. 또한 그의 전

신에서 회오리라도 이는 듯 아지랑이 같은 기운이 피어나기
시작했다.

그 모습에 채영의 표정이 굳어졌다.

장권호가 생각 이상으로 강한 기도를 뿌렸기 때문이다.

하지만 상대가 두렵거나 무섭다는 생각은 없었다.

오히려 승부욕을 자극시킬 뿐이었다.

채영의 검이 더욱 강한 빛을 발하며 반짝이기 시작했다.

장권호는 그런 채영을 보다가 먼저 한 발 나서며 움직였
다.

쉬악!

장권호의 검이 마치 허공을 잘라버릴 듯 삼 장의 거리를
두고 베었다.

슈앙!

순간 강력한 묵빛 광채가 채영을 향해 날아들었다. 채영은
그러한 장권호의 검기에 놀랐으나 날카로운 안광으로 허리
를 숙여 피하며 앞으로 뻗어 나갔다.

뱀이 기어가듯 움직인 그는 번개처럼 장권호의 양다리를
잘랐다.

번뜩!

빛과 함께 양다리를 향해 날아드는 채영의 검은 초승달처
럼 반짝였다. 검날에 닿는 모든 것을 베어버릴 것 같은 날카
로움이 담겨져 있었다. 장권호는 검을 들어 채영의 검기를

막았다.

팟!

그때 채영의 신형이 위로 솟구치며 장권호의 얼굴을 잘랐다. 마치 기다렸다는 반응이었고 예정된 움직임이었다. 그때 거짓말인 것처럼 장권호의 신형이 솟구치는 검기를 유령처럼 뚫고 나왔다.

"······!"

채영의 눈이 부릅떠졌고, 그 순간 장권호의 왼손이 채영의 검을 든 오른손을 잡았다.

탁!

채영은 어이없다는 듯 바로 옆에서 자신을 노려보는 장권호를 쳐다보았다.

"이럴 수가······."

채영은 진심으로 놀랐다. 분명 장권호는 자신의 검기를 맞았다. 아니, 장권호는 분명 죽어야 했다. 그런데 검기를 맞으며 앞에 나타난 것이다. 그 허깨비 같은 움직임에 채영은 저도 모르게 전신을 떨어야 했다.

"대단하시오. 중원에 나와 처음으로 분열공(分裂功)을 써봤소."

말이 끝남과 동시에 장권호의 오른손이 빠르게 채영의 명치로 움직였다. 채영은 번개처럼 팔을 비틀더니 오른손으로 장권호의 목을 찍었다.

"......!"

채영의 행동과 장권호의 행동은 거의 동시에 일어났으며, 장권호의 오른손이 복부에서 날아드는 채영의 손으로 향했다.

파팟!

손과 손이 교차되며 강한 음이 터져 나왔다.

"크윽!"

채영은 왼손을 쥐었다 펴더니 눈살을 찌푸렸다. 손을 타고 전해지는 강한 충격 때문이었다.

장권호는 신속한 채영의 대응에 귀문에도 고수가 많다는 것을 실감하였다. 거기다 단삼공의 마지막이라 불리는 분열공까지 펼치게 만든 상대였다.

지금까지 분열공을 펼치면서 상대한 고수는 흔하지 않았다.

팟!

장권호는 파쇄공을 운용하며 앞으로 나갔다.

팍!

그의 검이 점을 찍듯 채영의 이마를 찔렀다. 아까와는 달리 상당히 단순한 동작이었고 속도 역시 눈에 띨 정도로 느렸다.

채영은 좌측으로 빠지는 듯하더니 어느 순간 장권호의 옆구리를 향해 뻗어 나왔다.

빠른 대응이었고 섬광이 번뜩였다. 장권호는 기다렸다는 듯이 채영을 향해 신형을 돌리며 검을 위로 쳐올렸다.

땅!

장권호의 검이 채영의 검을 위로 쳐내는 순간 섬광이 사라짐과 동시에 채영의 상체가 들렸다.

"큭!"

채영은 아주 짧은 순간이지만 전신이 마비되는 느낌을 받았다. 마치 팔을 뇌전이 뚫고 지나간 느낌과 유사하다고 할까? 채영은 재빠르게 내공을 일으켰지만 단전이 빈 것처럼 공허함만이 느껴졌다.

단 한 번의 부딪침으로 온몸이 부서질 것 같은 충격이 전해졌고 단전에 모여 있는 내력까지도 날아가 버린 것 같았다.

그때 가까이 접근한 장권호가 명치를 가격했다.

퍽!

"허억!"

검의 손잡이 끝으로 명치를 가격당한 채영은 저도 모르게 허리를 굽히며 온몸을 떨었다.

따다당!

눈을 부릅뜬 그의 시선 속에 자신의 애검이 조각나 바닥에 떨어지는 모습이 잡혔다.

"이럴 수가……."

믿을 수 없다는 듯 고개를 들어 장권호를 보려 했으나 굽혀진 허리가 펴지지 않았다. 의지와는 상관없는 일이었고 이미 육체와 생각은 분리된 상태였다.

털썩!

채영이 바닥에 쓰러지자 장권호는 신형을 돌려 추야장을 쳐다보았다.

"헉! 믿을 수 없다!"

"채 각주가 쓰러지다니……."

채영이 쓰러지자 소란이 일어났다. 장권호를 제외하고 이곳에 있던 그 누구도 채영의 패배를 생각지 못하였다.

그래서일까? 귀문의 무사들은 크게 동요했다.

장권호는 추야장을 바라보며 말했다.

"아직도 준비할 시간이 부족하오?"

장권호의 말에 추야장은 미소를 보이며 자리에서 일어섰다.

장권호의 모습에 사람들은 그저 놀라고 있었다. 설마하니 이름도 거의 알려지지 않은 장권호의 무공이 이토록 대단할 거라 생각지 못하였다.

채영까지 쓰러지자 사람들의 표정은 굳어졌고, 불신 어린 얼굴로 장권호를 바라보기 시작했다.

하지만 그것도 잠시였다. 추야장이 일어났기 때문이다.

"와아아아!"

커다란 함성과 함께 강한 기백이 장권호를 압박하였다. 절로 주눅이 들 것 같은 기세였다.

"설마하니 채 각주까지 쓰러질 줄이야……."

장구조가 조용히 중얼거리자 옆에 있던 이문성이 고개를 끄덕였다.

"예상 못한 일이오."

이문성의 말에 장구조는 턱을 쓰다듬으며 굳은 표정으로 다시 말했다.

"저 자식이 이대로 그냥 간다면…… 본 문은 강호의 조롱거리가 될 것이오."

"저놈의 명성은 하늘 높이 치솟을 것이고 본 문은 그저 희생양이 되겠지요. 그렇게 되면 지금까지 우리의 힘에 눌려왔던 놈들이 들고일어날 것이오."

"이대로 저놈이 죽어도 그 문제는 터질 것이오."

장구조가 이문성의 말에 차갑게 중얼거렸다. 이문성은 천천히 그 말을 상기하며 고개를 끄덕였다. 이미 귀문은 큰 타격을 받은 상태였다. 무엇보다 놀라운 건 단 한 명에게 이토록 크게 상처를 입었다는 점이다.

차라리 풍운회와 싸웠다면 피해가 있더라도 단합은 잘됐을 것이다. 단 한 명의 상대에게 당했기에 심적 피해는 더 큰 것이었고 수뇌부는 당장 눈에 보이지 않는 피해까지 염려해야 했다.

슥!

장구조는 고개를 돌려 추소령을 바라보았다. 추야장이 계단으로 걸어 내려가는 모습을 유심히 보던 그녀는 자신을 향한 시선에 고개를 돌리다 장구조와 마주쳤다.

장구조는 추소령의 시선에 가볍게 인사한 후 고개를 돌렸다. 곧 그의 입술이 미미하게 움직였다.

『천천히 준비를 해야 할 것 같지 않나?』

장구조의 전음에 옆에 서 있던 이문성이 눈을 반짝이며 추야장의 뒷모습을 쳐다보았다.

『그래야 하겠지요. 이번 대결에서 어찌 될지 장담할 수는 없으나…… 분명한 건 지금이 기회라는 것이오, 천재일우(千載一遇)의.』

이문성의 전음에 장구조는 미미하게 고개를 끄덕였다.

*   *   *

의정원(醫政院)의 문을 지나 쓰러진 채영이 들것에 실려 들어왔다.

"안쪽에 모셔라."

채영과 함께 들어온 한상운은 수하들에게 명령한 후 주변을 살폈다.

의정원은 상당히 바쁜 듯 십여 명의 의원이 바쁘게 움직이
며 쓰러진 부상자들을 치료하고 있었다.

한상운은 그런 부상자들을 한 바퀴 둘러보다 안쪽으로 들
어갔다.

"오셨습니까?"

의정원의 원주인 곡원은 한상운이 들어오자 허리를 숙였
다. 곡원은 무림인이 아닌 일반 의원으로 귀문에 들어와 생
활하고 있었다.

한상운은 방 안에 누워 있는 감록과 공손의를 바라보며 물
었다.

"상태는 어떤가?"

한상운의 물음에 곡원이 대답했다.

"내상은 크나 다행히 외상이 없어 금방 일어나실 겁니다."

"그렇군."

고개를 끄덕인 한상운은 오른손을 들었다. 시선을 돌리고
있던 곡원은 그 모습을 볼 수 없었다.

퍽!

가볍게 곡원을 내려친 한상운은 소리 없이 바닥에 쓰러진
곡원을 내려다보았다. 목뼈가 부러진 그의 머리는 기이하게
돌아간 상태였다. 한상운은 발로 곡원의 몸을 뒤집더니 혀를
찼다.

"늙어 가지고……."

한상운은 그의 주름진 얼굴을 잠시 보더니 곧 감록과 공손의를 향해 시선을 던졌다. 그는 공손의를 바라보다 손을 들어 공손의의 목을 잡았다.

"고맙게도 문주에게 충성을 다하는 놈들만 잘도 골라내는군. 후후후."

뚜둑!

목뼈가 부러지는 소리와 함께 눈을 감고 있던 공손의가 눈을 번뜩였다. 하지만 그것도 잠시, 온몸을 떨더니 이내 힘없이 고개를 떨구었다.

슥!

순간 검날이 한상운의 목에 겨누어졌다. 한상운은 미처 방비하지 못했기에 매우 놀란 표정으로 고개를 옆으로 돌렸다. 그곳에 어느새 정신을 차린 감록이 땀에 젖은 얼굴로 한상운을 노려보고 있었다.

"이놈…… 무슨 짓이냐?"

한상운은 한눈에 보아도 감록의 상태가 정상이 아니라는 것을 알기에 입가에 비릿한 조소를 띠었다.

"보면 모르오? 사형도 참 바보로군."

"뭣이!"

감록이 험악한 표정으로 살기를 보이자 한상운의 신형이 바람처럼 옆으로 움직였다. 감록은 놀라 재빠르게 신형을 돌려 서 있는 한상운을 베었다.

쉭!

감록의 검은 빨랐으나 한상운의 행동은 더욱 빨랐다. 감록
의 검이 허공을 갈랐고, 한상운은 가볍게 허리를 숙여 피한
후 감록의 가슴에 오른손을 붙였다.

픽!

"컥!"

감록의 입에서 핏물이 쏟아져 나왔으며 그의 신형이 크게
흔들렸다.

"유혈수(流血手)……?"

"수정궁에서 알려줘서 좀 익혔소."

한상운은 고개를 끄덕이며 붉게 변한 오른손을 들었다.

"어떻게 네놈이 나에게…… 우린 사형제가 아니더냐?"

전신을 떨며 감록이 한상운의 소매를 움켜잡았다. 그러자
한상운은 눈살을 찌푸리며 요대에 차고 있던 연검을 뽑아들
었다.

창!

"컥!"

검을 뽑음과 동시에 소매를 잡고 있던 감록의 팔을 잘라버
린 한상운은 아무렇지도 않게 검을 다시 요대에 넣으며 감록
의 얼굴을 발로 찼다.

빡!

"크악!"

감록의 신형이 뒤로 날아 벽면에 부딪쳤다.

"쿨럭! 쿨럭! 우엑! 우에엑!"

감록은 연신 피를 토하며 전신을 떨었고 그 앞으로 다가간 한상운은 감록의 얼굴을 발로 들어보더니 차가운 표정으로 입을 열었다.

"스승님도 사형제들을 죽이고 문주가 되셨지. 나라고 그렇게 하지 말란 법이 있나?"

말을 끝낸 한상운은 미련 없다는 듯 발을 들어 감록의 가슴을 강타했다.

퍽!

상체가 벽면에 파고들어 간 감록은 한상운의 발차기에 의해 가슴이 함몰되었다.

발을 뗀 한상운은 신형을 돌린 후 옆방으로 이동했다.

옆방에는 채영이 정신을 잃은 채 누워 있었다. 채영 역시 현재의 귀문주인 추야장에게 절대적으로 충성하는 사람이었고 제거해야 할 대상이었다.

또한 지금이 그 기회라는 것을 한상운은 잘 알고 있었다.

* * *

저벅! 저벅!

한 발 한 발 내딛을 때마다 청석 바닥의 돌이 갈라졌고 기도는 점점 거대하게 변하였다.

펄럭! 펄럭!

입고 있는 적색 피풍의가 바람도 없는데 휘날렸다. 추야장은 그렇게 장권호를 노려보고 있었다.

"범 무서운 줄 모르는 놈은 범을 본 적이 없는 개밖에 없지."

추야장의 낮은 목소리에 장권호는 검을 늘어뜨린 후 강한 기도를 발하였다. 그의 기도가 거대하게 변하여 추야장의 기도와 엉켜 사방으로 강한 바람을 불게 하였다.

"당신이 개로군."

"훗!"

장권호의 말에 추야장이 미소를 보였다.

스릉!

추야장은 들고 있던 검을 뽑아 오른손에 쥔 후 검집을 뒤로 던졌다.

휘리릭!

허공을 날아간 검집은 정확하게 추소령의 손안으로 들어갔고, 추소령은 검집을 잡자 손을 들었다.

"우와아아아!"

다시 한 번 거대한 함성이 울렸으며 수많은 사람들이 만들어낸 강한 살의가 장권호의 전신을 찢고 있었다.

"한 번 더 물어보마. 본 문에 들어올 생각이 있느냐?"

추야장은 무척이나 아깝다는 표정으로 장권호에게 물었다. 장권호처럼 강한 무공을 지닌 인재를 놓치는 게 아까웠고 또한 죽이는 게 아쉬웠다. 자신의 생각 이상으로 장권호는 절정의 고수였다.

인재에 대한 강한 욕심은 어떤 문파의 수장이라도 당연한 것이다. 특히 추야장은 그러한 욕심이 더욱 강한 사람이었다. 가장 큰 이유는 자신의 제자들이 눈에 안 찼기 때문이다.

추야장의 물음에 장권호는 고개를 저으며 대답했다.

"귀문이란 이름이 마음에 안 들어서 못 들어가겠소."

"맹랑한 놈."

추야장은 낮게 말한 후 검을 든 손에 힘을 주었다.

쉬악!

강한 바람과 함께 강한 빛을 발하는 유형의 검기가 검을 감싸고 돌자 다시 한 번 큰 함성이 일어났다.

"전과는 다를 것이다."

"전과는 다를 것이오."

추야장의 말에 장권호가 같은 말로 받았다. 곧 추야장은 반보 앞으로 나서며 검을 찔렀다.

쉬쉭!

삽시간에 삼 장의 거리를 뚫고 십여 개의 검기 다발이 장권호에게 화살처럼 날아들었다. 추야장은 여전히 움직이지 않았으며 그저 손만 앞으로 내민 모습이었다.

하지만 검기는 분명 쏘아지듯 장권호를 향했으며 단 하나
도 허상이 아니었다. 모두 진초였고 하나라도 맞으면 꼬치가
될 게 분명했다.

파팟!

장권호의 손이 허상처럼 앞으로 뻗어 나가더니 십여 개의
묵빛 점을 만들었다. 추야장에 버금가는 더할 나위 없는 쾌
검이었다.

그것은 극쾌의 무공인 단공이었고 검을 들고 펼쳤기에 단
검술(短劍術)이 되었다.

거기에 분쇄공의 강한 내력을 실었기에 그 위력은 바위조
차 흔적 없이 날려버릴 정도였다. 극쾌의 비선검법이 만든
검기 다발과 장권호의 단검술이 만든 검기가 허공에서 부딪
쳤다.

쾅!

단 한 번의 폭음과 함께 사방으로 흩어진 경기가 바람이
되어 불어닥쳤다. 그 위력에 구경하던 귀문의 무사들이 또다
시 뒤로 물러섰다.

"제법이구나."

"추 문주도 제법이오."

파팟!

말과 함께 둘의 신형이 서로를 향해 일 장씩 앞으로 다가
섰다. 이제 불과 일 장의 거리를 둔 그들의 검이 빠르게 움직

였다.

휘휙!

바람 소리와 함께 서로를 찌르는 검기는 검은 빛과 흰 빛이었다. 두 개의 빛이 조화를 부리듯 허공에서 교차되었다. 추야장의 신형이 수십 개의 발 그림자와 허상을 만들며 제자리에서 움직였다.

장권호 역시 제자리에서 수십 개의 허상을 만들며 움직였다. 극쾌의 검기를 피하는 그는 숨 한 번 쉬지 않았다. 물론 추야장 역시 마찬가지였다.

피핏!

검기와 검기가 교차하며 스치자 가벼운 소음이 일어났다. 그러한 소음은 끊이지 않았고, 끝이 없을 것처럼 둘은 맹렬하게 움직였다.

파팟!

추야장의 검기가 스치고 지나가는 자리에 옷자락이 계속해서 잘려 나갔다. 그리고 일각의 시간이 흐르자 장권호는 상의가 모두 사라진 상태가 되었다.

장권호는 굳은 표정으로 추야장을 향해 손을 움직였다. 허나 쉽게 추야장의 일 장 안으로 들어갈 수가 없었다. 처음부터 일 장 안으로 접근하려 한 장권호였고, 추야장은 애초에 접근할 생각이 없었다.

검기만으로도 충분히 장권호를 제압할 수 있다고 생각했

기 때문이다. 장권호의 이마에 땀방울이 솟구쳤다.

"훗!"

그 모습을 본 추야장의 입가에 미소가 걸렸다. 그리고 그의 검이 어느 순간 멈추는 듯 보이더니 반보 앞으로 나선 추야장의 검에서 강렬한 빛이 번뜩였다.

장권호의 안색이 바뀌며 검을 거둠과 동시에 좌장을 앞으로 뻗었다.

쾅!

"큭!"

뒤로 밀려 나간 장권호는 청석 바닥의 돌을 밀어내고 서 있었다. 삼 장 가까이 밀려난 그는 굳은 표정으로 검을 늘어뜨린 채 서 있는 추야장을 바라보았다.

"대단한 놈이로다. 절혼십수(絶魂十手)와 광영백섬(光影百閃)을 모두 받아내는 인간은 네가 처음이다."

"칭찬이오?"

"칭찬이다."

"감사하오."

장권호는 가볍게 포권하며 앞으로 한 발 나왔다. 곧 자세를 바로 한 그는 깊은숨을 한 번 내쉬더니 곧 등에 찬 도를 꺼내 왼손에 들었다.

추야장의 마지막 광영백섬은 보기에는 한 번의 찌르기 같지만 백 번의 연속된 찌르기였다. 그 찌르기를 막기 위해 장권호는 삼쇄공을 동시에 운용하면서 일원공을 극성까지 끌어올렸다.

그렇게 했기 때문에 약간의 내상만을 입은 채 막을 수가 있었다. 아무리 그라 해도 장백삼공의 단공으로는 추야장을 상대할 수 없었고, 그 사실을 지금에서야 깨달았다.

"추 문주 역시 대단한 사람이오."

"원래 대단한 사람이다."

추야장의 광오한 말에 장권호는 고개를 끄덕였다. 그의 말처럼 그는 정말 대단한 사람이었고, 자기 자신을 과신해도 될 만큼 능력이 있는 인물이었다. 단지 자신에게 비겁한 수를 썼다는 게 문제였다. 그 문제만 아니라면 충분히 친해져도 무관한 사람이었다.

"그토록 대단한 사람이 왜 내게 그렇게 비겁한 짓을 한 것이오?"

"자네를 가지고 싶었기 때문에 그런 것이네."

추야장은 당당한 표정으로 당연하다는 듯이 대답했다. 그러한 대답에 장권호는 어이가 없었다.

"나를 가지고 싶었다면 회유해야 할 것 아니오?"

"회유하지 않았나? 하지만 자네는 내게 아무것도 주지 않은 채 떠나려 했지. 내 손을 떠나면 언제 다시 올지, 아니 다시는 오지 않을지도 모르는데 그냥 놓쳐야 할까? 나는 내 눈에 들어온 물건이나 사람은 꼭 얻어야 하네."

"욕심이 많군."

장권호의 말에 추야장은 고개를 끄덕였다.

"욕심이 많지. 수단 방법 안 가리는 성격이니…… 내 손을 떠나 다른 놈의 손에 들어가는 것을 생각하니 여간 불편한 게 아니더군. 다른 놈의 손에 들어가 배 아파하느니 차라리 죽이는 것이 현명하단 생각이네."

"그래서 내게 그런 것이오?"

장권호가 차갑게 말하자 추야장은 고개를 끄덕였다.

"어떻게 해서라도 구전경을 손에 넣고 싶었으니까. 이해하게나."

추야장의 솔직한 말에 장권호는 담담한 표정으로 다시 말했다.

"전에도 말했지만 구전경에 대해선 나도 모르오."

"아니, 자네는 알고 있네. 단지 스스로 그게 구전경인지 모를 뿐이야."

추야장이 고개를 저으며 말한 후 곧 검을 장권호에게 겨누며 다시 말했다.

"우리 내기 하나 하겠나?"

"내기?"

장권호가 살짝 눈살을 찌푸리자 추야장이 다시 말했다.

"그리 어렵게 생각하지 말게."

"무슨 내기를 하자는 말이오?"

"내가 이기면 자네는 본 문의 사람이 되어야 하네. 내가 지면 그건 자네가 결정하게나."

추야장은 기다렸다는 듯이 빠르게 말했다. 그의 말에 장권호는 잠시 고민하더니 곧 입을 열었다.

"알겠소. 내가 이기면 귀문은 강호의 활동을 접고 문을 닫으시오."

"봉문하란 말인가?"

추야장이 안색을 바꾸며 말하자 장권호는 고개를 끄덕였다.

"오십 년간 문을 닫는 것도 좋을 것 같소."

"재미있는 내기가 되겠군. 단, 내가 이기면 자네는 귀문에 귀속돼 자네가 알고 있는 모든 무공을 바쳐야 할 것일세."

"그렇게 하겠소."

"좋아. 다시 시작하지."

추야장이 고개를 끄덕였다. 곧 추야장의 기도가 날카로운 칼날처럼 변하더니 장권호를 압박하기 시작했다. 그의 칼날 같은 기도에 장권호는 피부가 베이는 듯한 따가움을 느꼈다.

더 이상 단삼공으로는 추야장을 상대할 수 없다고 판단한 장권호는 중원에 나와 처음으로 중삼공을 운용하기 시작했다.

휘리릭!

그의 전신으로 강한 회오리가 일어나더니 곧 그의 눈빛이 차가운 한광을 발하기 시작했다.

뚜둑! 뚝!

그의 전신 뼈마디가 어긋나는 듯한 소리가 들리더니 이내 상체가 마치 두꺼비처럼 부풀어 올랐다.

"……?"

추야장은 장권호의 그러한 변화에 눈을 빛냈다. 장권호의 그러한 모습은 숨을 들이마시면서 생긴 것이고 곧 숨을 내뱉자 본래대로 돌아왔다.

장권호의 근육은 활시위를 당긴 시위처럼 팽팽하게 변해 있었으며 평소보다 두 배 빠르게 그의 전신으로 일원공의 내력이 돌고 있었다.

그것이 중삼공의 기본 무공인 초환공(超換功)이었다.

초환공은 육체를 강화시키는 일종의 강신술(强身術)이었다. 피부는 금강불괴에 가깝게 도검불침으로 만들어주며 장기를 강화하고 근육을 강화시켜 마치 활시위처럼 팽팽하게 당겨주었다.

또한 가장 큰 이점이 바로 내력의 흐름을 빨리 해준다는 점이었다. 단전에서 흘러나오는 내력이 평소보다 두 배 이상 빨리 움직이기에 내력의 흐름이 막히지 않았고, 작은 움직임이라 해도 평소보다 두 배 이상 그 위력을 배가시켰다.

그로 인해 파괴력은 극에 달하고, 한 번 움직일 때마다 폭풍처럼 몰아쳤다. 실제로 바람을 동반한 무공이기에 풍신술이라고도 불렀다.

허나 극에 달한 위력이 있는 만큼 단점도 있었다. 한계치에 달한 육체의 움직임과 두 배 가까이 체내를 통과하는 내력의 빠름 때문에 오랜 시간 사용할 수 없다는 문제가 있었다.

또한 근육이 상하고 임독이맥이 터지거나 막히는 일도 많았다. 그로 인해 중삼공을 익히기 위해선 기본적으로 임독이맥이 모두 타통돼야 했고 철심공(鐵心功)을 따로 익혀야 했다.

철심공은 피부를 제외하고 근육과 뼈, 또한 장기를 강화시켜 주는 무공으로 철심공을 대성해야만 비로소 초환공을 익힐 수가 있었다.

철심공을 대성해서도 초환공은 반 시진 정도 운용할 수 있는 게 한계였다. 그 이상 펼치게 되면 깊은 내상을 입게 되고 최악의 경우 폐인이 되고 만다.

장권호 역시 중삼공을 펼침에 있어서 반 시진이 한계였다.

장권호는 반보 앞으로 나서더니 이내 활시위를 떠난 화살처럼 추야장을 향해 덮쳐 갔다.

슈아악!

강렬한 바람을 동반한 그의 신형은 더없이 사나웠으며 맹렬했다. 추야장은 갑작스러운 장권호의 행동에 놀랄 만도 했으나 침착한 표정으로 좌우로 횡을 그리며 검기를 펼쳤다.

장권호는 두 개의 검기가 날아들자 검을 들어 내쳤다.

쾅!

폭음과 함께 장권호의 신형이 좌우로 늘어나 추야장을 덮쳤다. 추야장은 강력한 충격에 놀라 주춤거렸고, 그사이 장권호는 어느새 바로 앞까지 접근한 상태였다. 추야장은 이빨을 깨물며 빠르게 발을 움직였다. 그러자 그의 신형이 환영처럼 늘어나 좌우로 움직였다. 그 순간 장권호의 검이 추야장을 덮쳤다.

콰쾅!

폭음과 함께 사방으로 돌 조각과 강력한 바람이 회오리치듯 몰아쳤다.

"흡!"

추야장의 신형이 먼지구름을 뚫고 뒤로 밀려 나갔다. 추야장은 인상을 쓰며 자신을 밀어낸 반탄강기에 매우 놀라워했다. 그 순간 머리 위로 그림자가 드리워졌다.

슈아악!

삼 장 가까이 솟구친 장권호가 검과 도를 머리 위로 올린 채 도끼로 장작을 패듯 내려쳐 왔다. 그 모습에 추야장은 절로 뒤로 물러섰다.

쾅!

폭음과 함께 바닥이 꺼졌고 돌 조각이 사방으로 비산했으며 흙먼지가 솟구쳤다. 그때 먼지를 뚫고 검과 도가 강렬한 묵빛을 담은 채 추야장을 향해 날아들었다.

"하앗!"

추야장은 더 이상 물러서지 않고 앞으로 나서며 강렬한 섬광을 뿌렸다.

콰쾅!

검과 도가 강력한 빛에 터져 나가며 힘을 잃은 듯 허공으로 솟구쳤고, 장권호의 신형이 앞으로 뻗어 나오며 추야장을 향해 일권을 내질렀다.

"무식한 놈!"

추야장이 외치며 빠르게 앞으로 뻗어 나감과 동시에 비선검법의 절초인 천광일선(天光一線)을 펼쳤다.

번뜩!

빛과 함께 추야장의 신형이 빛 속으로 사라짐과 동시에 빛이 가는 실로 변한 듯 늘어나더니 장권호를 지나쳤다.

"……!"

장권호의 눈동자가 커졌다. 추야장을 대신해 실 하나가 눈에 들어왔기 때문이다.

팟!

장권호를 지나친 실이 곧 추야장으로 변했다. 추야장은 신형을 돌려 오 장 밖에 서 있는 장권호를 쳐다보았다.

장권호는 신형을 돌려 추야장을 바라보며 신광을 번뜩였다. 그런 그의 허리에 가느다란 혈선이 그려지더니 이내 본

래의 피부색으로 돌아왔다.

"놀랍군."

추야장은 믿을 수 없다는 듯 눈을 크게 뜬 채 장권호의 허리를 바라보았다. 분명 허리를 잘랐고, 상식적으로 장권호는 하체와 상체가 분리되어야 했다. 하지만 장권호는 그대로 서 있었고 어디에도 상처의 흔적이 없었다.

팟!

장권호의 신형이 바람처럼 앞으로 뻗어 나오며 일권을 내질렀다.

쉬악!

강렬한 경기를 담은 일권이 거대한 바람과 함께 추야장의 전신을 덮쳤다.

추야장은 호흡을 고를 시간도 없이 날아드는 일권에 인상을 찌푸리며 십여 개의 검기를 뿌렸다.

파팟!

검기에 권풍이 잘리기 시작하더니 이내 추야장의 바로 앞에서 경기가 사라졌다. 하지만 장권호가 사라진 것은 아니었다.

쉭!

회전하며 날아든 장권호의 발등이 추야장의 목을 노리고 들어왔다. 이에 대비한 추야장이 검을 들어 발을 잘라갔다.

휘릭!

장권호는 마치 곡예를 하듯 한 번 더 회전하더니 반대 발로 추야장의 정수리를 찍었다. 뒤꿈치가 정확하게 백회혈을 노렸다.

검을 들어 발을 자르려던 추야장은 손목을 꺾어 장권호의 반대 발을 잘랐다.

쾅!

"헉!"

검과 발이 부딪쳤는데 발은 잘리지도 않았고 오히려 강력한 충격이 추야장의 전신을 엄습해 왔다.

휙!

뒤로 회전하며 물러섰던 장권호는 재차 앞으로 튕겨 나오며 추야장을 향해 오른손을 뻗었다. 그의 장영이 거대하게 나타나자 추야장은 입술을 깨물며 한 발 물러서려 했다. 그때서야 발이 발목까지 바닥을 뚫고 들어가 있다는 것을 깨달았다.

"이놈!"

추야장은 사납게 외치며 내력을 극성으로 끌어올림과 동시에 방어 초식인 광해비섬(廣海飛閃)을 펼쳤다. 거대한 빛무리가 추야장을 감쌌다.

쾅!

"컥!"

뒤로 날아가다 바닥에 내려선 추야장이 기침과 함께 피를 토했다. 그 순간 추야장의 머리 위로 장권호의 수도가 강렬한 기세와 함께 쳐왔다. 추야장은 비틀거리며 몸을 피했다.

콰!

수도가 닿지 않았는데도 폭음과 함께 바닥이 꺼지고 사방으로 돌이 비산했으며 하늘 높이 먼지구름이 솟구쳤다.

팟!

장권호의 신형이 먼지를 뚫고 몸을 피한 추야장을 향해 사나운 맹수처럼 날아들었다.

쉬아아악!

강렬한 경기가 그의 주변을 맴돌았고 위로 뻗은 오른손 안에는 아지랑이 같은 기운들이 회오리치고 있었다.

"으아압!"

추야장은 괴성을 지름과 동시에 한순간에 자신의 내력을 모두 끌어모아 검에 집중했다. 그러자 그의 신형이 검과 함께 사라지며 빛무리가 작은 원을 그리고 맴돌았다.

번뜩!

강렬한 섬광과 함께 빛이 삽시간에 장권호를 삼키려 했다.

장권호의 오른손이 앞으로 뻗어 나갔다.

콰!

폭음과 함께 빛은 사라졌고 비틀거리는 추야장은 연신 뒤로 물러섰다. 장권호는 숨을 몰아쉬며 멀리 떨어져 있는 자신의 검과 도를 향해 손을 뻗었다.

쉬악!

바람과 함께 그의 양손에 검과 도가 들렸다.

휘이이잉!

장권호의 주변으로 가벼운 바람이 불고 있었다. 그 바람은 추야장의 흐트러진 머리카락을 움직이게 만들었고 다 떨어져 나간 피풍의를 휘날리게 했다.

"네놈은 구전경을 완성했구나."

"나는 장백파의 무공을 사용할 뿐이오."

추야장은 그제야 장백파의 무공이 구전경이란 것을 알았다. 아니, 예상하고 있었다고 해야 했다.

"우엑!"

가슴을 부여잡던 추야장은 다시 한 번 피를 토하더니 비틀거리다 검을 땅에 꽂아 몸을 지탱했다. 곧 그는 이빨을 깨물며 허리를 폈다. 자신을 바라보는 수많은 귀문의 무사들을 위해서라도 허리를 굽힐 수는 없었다.

"네놈은 내 모든 것을 갈가리 찢어버리는구나."

장권호는 그 말에 대답을 하지 않고 그저 담담한 표정으로 추야장의 흐트러진 모습을 바라볼 뿐이었다. 그의 모습은 아까와는 달리 초라했으며 단정했던 머리카락도 어느새 산발한 모습이었고 옷차림 역시 흐트러져 있었다.

추야장은 흔들리는 시선으로 장권호를 바라보고 있었다.

"설마…… 네놈의 무공이…… 이 정도일 줄은 몰랐다……. 대단해……."

추야장의 말에 장권호는 여전히 침묵했다. 추야장의 상태를 대충은 짐작하고 있었기 때문이다. 이미 그의 몸은 만신창이였고 내력은 흩어진 상태일 것이다. 지금까지 견딘 것만으로도 대단하다고 볼 수 있었다.

"우리가 한 내기가 있었지?"

"그렇소."

장권호는 그제야 입을 열었다. 그러자 추야장이 비릿한 조소를 입가에 걸며 다시 말했다.

"우리의 내기는…… 없었던 것으로 하겠네."

"무슨 말이오?"

장권호의 안색이 바뀌자 추야장은 천천히 말했다.

"오해하지 말게. 나는 비겁한 사람이긴 해도…… 약속을 어기는 사람은 아니니까…… 쿨럭!"

말을 하던 추야장은 기침을 하더니 검붉은 피를 토했다. 추야장은 손안에 뭉쳐진 내장 조각들을 만지다 몸을 떨었다. 하지만 가까스로 신형을 바로 한 그는 날카로운 신광을 발하며 장권호를 노려보았다.

장권호는 추야장의 강렬한 신광이 화광반조의 현상임을 깨달았다.

"내기는 자네와 나와의 내기였지, 귀문과의 내기는 아니었다는 뜻이야……. 내가 죽으면 자네와의 내기는 성립되지 않네. 죽은 사람과 내기를 할 수 있겠나? 후후후."

"아버님!"

"문주님!"

추야장의 말에 주변에 있던 수많은 사람들의 표정이 경직되었다. 추야장의 한마디가 그들의 가슴에 박혔기 때문이다.

"내가 죽는다 해도…… 귀문은 자네를 지켜볼 것이네……."

추야장은 할 말을 다한 듯 천천히 눈을 감았다.

그의 주변으로 소슬바람이 불었다.

허나 추야장의 신형은 쓰러지지 않았고 마치 석상이라도 된 것처럼 홀연히 서 있었다.

장권호는 가만히 추야장의 모습을 눈에 담았다.

그의 고고한 모습이 죽어서도 남아 있는 듯했다. 아직 주변 사람들은 추야장이 죽었다는 사실을 받아들이지 못하고 있었다. 아니, 아직 모르고 있었다. 추야장의 기도가 아직도 남아 있었기 때문이다.

"추 문주의 모습은 오랫동안 내 기억 속에 남을 것이오."

장권호는 담담한 표정으로 신형을 돌렸다.

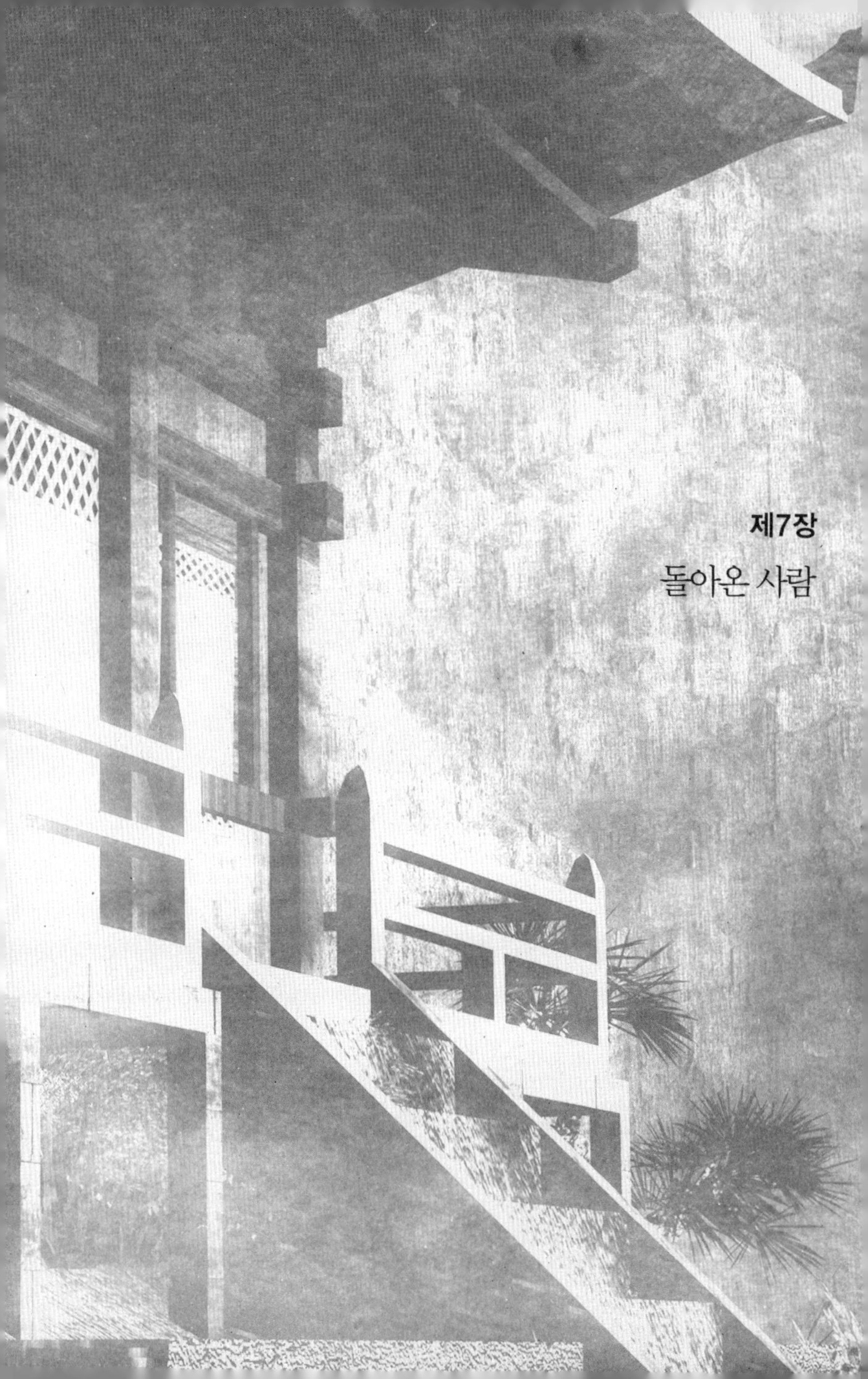

제7장

돌아온 사람

소인은 곤경에 처하면 마음이 동요하지만 군자는 어떤 곤경에 처해도 마음의 평정을 유지한다고 한다.

사람을 상대할 때 가장 중요한 것은 어떤 일이 눈앞에 닥쳐도 마음의 평정을 유지할 수 있느냐였다. 사람은 누구나 예기치 못한 일을 당하면 당황하게 마련이다. 또한 당황함은 실수를 만들고 끝내 자기 자신을 곤경에 빠뜨리게 한다. 그러한 마음을 이겨내기 위해 심법을 배우고 익힌다. 그런데 세상에서 제일 힘든 수련이 바로 이 평정심을 유지하는 수련이 아닐까?

나는 지금도 평정심을 유지할 수가 없는 소인이다.

"멈춰라!"

장구조의 커다란 외침에 장권호는 신형을 돌리다 멈춰 섰다.

"아버님!"

추소령이 놀란 표정으로 추야장의 곁으로 달려갔다. 그녀는 추야장의 몸을 차마 만지지도 못한 채 그저 떨리는 눈으로 바라만 볼 뿐이었다.

"이대로 그냥 보내줄 거라 여겼느냐!"

장구조가 검을 뽑아들며 앞으로 나섰고 그 뒤로 귀문의 간부들이 나섰다. 그러자 장권호는 신형을 돌려 그들을 한 번본 후 곧 크게 웃었다.

"하하하하하!"

장권호의 웃음소리가 허공으로 솟구치며 사방으로 거대한 바람을 일으켰다. 모두의 안색이 바뀌었고 귀가 찢어질 것같은 울림에 절로 오만상을 구겼다.

달려들던 무사들도 그러한 장권호의 웃음에 몸을 굳혔다. 장권호는 웃음을 멈추더니 사나운 기세로 말했다.

"지금부터 내게 덤비는 놈은 나와 추 문주의 비무를 우롱하는 놈으로 생각하겠다."

싸늘하게 말한 그는 곧 살기를 뿌리며 다시 말했다.

"절대 살려주지 않아."

그의 차가운 목소리에 실린 힘이 사방을 울리자 장내의 그 누구도 움직이지 못했다. 그때 허공을 가르며 이문성이 날아들었다.

"이노옴!"

분노한 표정의 이문성은 앞뒤 가릴 것 없다는 듯 장권호를 향해 뻗어 나갔다. 장권호는 천천히 검을 들었다. 그 모습에 장구조가 달려들었다.

"멈추시오!"

와락!

이문성을 뒤에서 안은 장구조는 반항하는 이문성을 향해 말했다.

"그만두시오. 스승님을 욕보일 생각이시오?"

장구조의 낮은 목소리에 충혈된 눈으로 장권호를 노려보던 이문성은 곧 검을 늘어뜨린 후 고개를 숙였다. 그러더니 이내 바닥에 무릎 꿇고 앉아 흐느끼기 시작했다.

"나를 죽여라!"

번뜩!

순간 번갯불이 피어나며 추소령의 신형이 어느새 장권호의 눈앞까지 날아갔다. 그녀의 신검합일에 이른 검공에 모두가 놀랐으며, 너무도 급작스러운 행동에 사람들의 안색이 변하였다.

"아가씨!"

장구조가 놀라 외쳤으나 추소령은 이미 장권호의 목을 베어가고 있었다.

팍!

장권호는 가볍게 왼손을 들어 추소령의 검날을 잡았다. 추소령의 표정은 사납게 일그러져 있었다. 장권호가 맨손으로 검을 잡은 것에 대한 놀라움도 없었다. 그저 원한과 살기만이 있을 뿐이었다.

"죽어! 죽으라고!"

추소령이 있는 힘을 다해 검을 움직이려 했으나 검은 요지부동(搖之不動), 움직이지 않았다. 장권호는 왼손에 힘을 주었다.

땅!

그의 손에 힘이 들어가자 검이 조각나 부러졌다. 추소령이 그 모습에 눈을 부릅떴다. 장권호는 부러진 검날을 추소령의 발밑에 던지며 잠시 추소령의 눈을 쳐다보았다. 장권호의 번뜩이는 신광이 추소령의 동공을 뚫고 지나쳤다. 곧 장권호는 신형을 돌렸다.

"잘 사시오."

추소령은 장권호의 목소리에 저도 모르게 어깨를 떨며 자리에 주저앉았다. 한 번 쳐다봤을 뿐인데 다리에 힘이 풀렸다.

"죽여 버릴 거야……."

추소령은 그저 입만 움직일 뿐이었다.

　　　　*　　　　*　　　　*

　　장권호와 헤어진 서영아는 동굴을 나와 새로운 은신처를
찾기 위해 움직였다. 그리고 며칠 지나지 않아 찾은 곳이 대
영산의 깊은 계곡에 자리한 초가였다. 산에 나물이나 약초를
캐러 올라온 사람들이 머물다 가는 쉼터 같은 곳이었다.

　　하지만 그러한 쉼터도 서영아에게는 보금자리가 되었다.
서영아는 그곳에 살림을 차리고 본격적으로 일원공을 수련
하기 시작했다.

　　새벽이 되면 대영산의 정상에 올라 아침 해를 바라보며 일
원공을 운기했고, 밤이 되면 달빛을 받으며 계곡물 안에서
일원공을 운용했다.

　　낮에 운기하는 일원공은 양기를 보충해 주었고 밤에 운용
하는 일원공은 차가운 계곡의 물과 달빛의 음기를 전해주었
다.

　　일원공으로 인해 음과 양이 조화롭게 차츰 단전에 쌓이게
되었고, 보름 정도 지나자 일원공의 기운이 몸 안에 흐르는
것을 느낄 수가 있게 되었다.

　　그러던 어느 새벽, 눈을 뜬 그녀는 다른 날과 마찬가지로
문을 열고 대영산의 정상으로 향하려 했다.

　　하지만 그녀는 문을 열고 나서다 걸음을 멈춰야 했다. 두
번 다시 보기 싫은 얼굴이 문 앞에 팔짱을 낀 채 서 있었기

때문이었다.

"어떻게……?"

서영아는 자신을 바라보며 서 있는 추소려의 모습에 자신도 모르게 어깨를 떨었다. 그녀가 이곳에 있다는 것 자체가 마치 귀신을 본 것 같았기 때문이다.

"어떻게라니? 집으로 돌아가는 길에 이곳 대영산에 수상한 사람이 살고 있다는 소식을 듣고 달려왔지. 며칠 전에 수하들이 이미 네 모습을 확인하고 내게 보고한 상태였어."

추소려의 말에 서영아는 뒤로 한 발 물러섰다. 그녀의 옆으로 청색 장포를 두른 백발의 노인과 백색 장포를 입은 노인이 그림자처럼 나타났다.

"우노와 좌노……."

두 노인의 모습에 서영아는 가면 너머로 입술을 깨물었다. 추소려만 있다면 어느 정도 상대할 수 있을 것 같으나 수정궁의 장로인 두 노괴를 상대로 살아남기는 힘들 것 같았다. 거기다 추소려의 호위 두 명도 뒤에 서 있었고 십여 명의 청색 복면인도 눈에 띄었다.

"단단히 작심하고 오셨군."

서영아의 말에 추소려는 고개를 끄덕였다.

"전에 네게 당한 수모가 있는데 그냥 올 수는 없잖아? 그때 네년에게 당한 일만 생각하면 아직도 잠을 이루지 못해."

추소려는 전신을 떨며 살기를 보였다. 곧 그녀는 주변을 둘러보며 말했다.

"그런데 그 빌어먹을 자식은 없는 모양이야? 아무리 산을 뒤져 봐도 그림자조차 안 보이던데?"

추소려의 물음에 서영아는 그녀가 왜 자신을 찾았어도 쉽게 접근하지 못했는지 알았다. 바로 장권호의 존재 때문이다.

서영아는 반짝이는 눈동자로 말했다.

"잠시 마을에 갔지. 곧 올 거야."

"후후. 와주면 고맙지, 기다리기도 지루했으니까. 하긴 네 년을 방석 삼아 앉아서 기다리면 조금 덜 지루하려나?"

놀리는 듯 추소려가 말하자 서영아가 살기를 보이며 차갑게 말했다.

"그때 네년을 살려 보내는 게 아니었어…… 어떻게 해서라도 죽였어야 했는데……."

"입이 더럽군."

"우리 귀여운 아이에게 험한 말을 하다니…… 쯧!"

쉬쉭!

말과 함께 좌노와 우노의 신형이 삽시간에 서영아의 면전으로 다가왔다. 좌노는 낮은 자세로 우장을 단전으로 뻗었고, 우노는 일 장 정도 높이에서 서영아의 백회를 향해 좌장을 뻗었다.

수정궁이 자랑하는 적혈신공(赤血神功)을 극성으로 익힌

두 노인이기에 앞으로 뻗은 손 역시 붉게 변해 있었다.

서영아는 이들 두 노인을 상대할 수 없다는 사실을 잘 알고 있었다. 그녀는 재빠르게 땅을 박찼다.

쿵!

"승천보!"

땅이 진동하고 깊은 구덩이가 파였다. 그 반동으로 서영아의 신형은 이미 십여 장을 날아가고 있었다.

"요것 봐라?"

쿵! 쿵!

두 노인 역시 서영아와 같은 승천보를 펼치며 허공을 날았고, 추소려 역시 승천보를 펼쳤다. 바람처럼 사람들이 사라지자 남아 있던 무사들이 일사불란하게 움직였다.

쉬쉭!

그들 역시 자신이 펼칠 수 있는 최고의 경신술을 발휘해 추소려의 뒤를 따랐다.

휘리릭!

몸을 뒤집으며 어두운 숲 속으로 들어온 서영아는 흑영술(黑影術)을 펼쳐 숲의 그림자 사이로 몸을 숨겼다.

타탁!

서영아의 신형이 사라지는 순간 좌노와 우노가 바닥에 내려섰다. 그들은 울창한 수림에 햇빛조차 들어오지 않는 주변

풍광을 둘러보며 눈살을 찌푸렸다.

"숨은 모양이야."

"고것 참 귀엽게 노는구나."

우노와 좌노가 수염을 쓰다듬으며 눈웃음을 보였다.

휘릭!

곧 옷자락 소리와 함께 추소려가 우노 옆에 나타났다. 그녀는 주변을 둘러보며 인상을 찌푸렸다. 어두웠기 때문이다. 어두움은 서영아에게 큰 무기였다.

"흑영술을 익힌 모양이구나?"

우노의 물음에 추소려가 고개를 끄덕이며 말했다.

"수정궁의 무공과 귀문의 무공을 동시에 익힌 계집이에요."

"어쩐지…… 다람쥐마냥 잘 달린다 했다."

좌노가 눈을 반짝이며 주변을 둘러보다 삼 장 밖 조금 큰 나무와 작은 나무가 엇갈린 듯 교차된 곳을 응시했다. 좌노가 입을 열었다.

"전에 내가 한 번 말한 적이 있었지? 내가 과거에 본 궁의 제자들에게 흑영술을 가르쳐줬다고."

휙!

말이 끝남과 동시에 좌노가 섬전처럼 나무 사이의 그림자를 향해 우장을 뻗었다.

쉬악!

강한 바람과 함께 적색 장영이 마치 환영처럼 허공을 격하고 나무 그림자 사이를 강타했다.

쾅!

휘리릭!

폭음과 함께 허공으로 솟구치는 서영아의 모습에 우노가 땅을 박찼다.

쉬악!

검을 앞으로 뻗으며 곧장 서영아의 목을 찌르는 우노의 모습에 서영아는 재빠르게 신형을 돌려 연검을 뽑아 막았다.

땅!

"큭!"

서영아의 신형이 허공에서 흔들렸다. 그때 좌측에서 좌노의 좌장이 서영아의 옆구리에 박혔다.

쾅!

"크아악!"

서영아의 입에서 비명과 함께 피가 터져 나왔고, 그녀의 몸이 힘없이 바닥으로 떨어졌다.

스슥!

"이런, 두더지 같으니라고!"

쉬악!

좌노가 땅에 내려서는 순간 서영아의 신형이 어둠 속으로 사라지자 번개처럼 쌍장을 뻗었다.

콰쾅!

땅이 터지고 사방으로 젖은 흙들과 나뭇잎이 퍼져 나갔다. 그 사이로 신음성과 함께 서영아의 모습이 보였다.

핑!

우노가 땅에 내려서며 손에 든 동전 하나를 던졌다.

슈아아악!

강한 바람 소리에 놀란 서영아는 재빠르게 신형을 돌려 검으로 날아드는 동전을 쳐냈다.

쾅!

"컥!"

동전을 쳐내는 순간 폭죽이 터지는 듯한 소리와 함께 서영아의 신형이 뒤로 날아갔다. 동전에 실린 힘이 너무 강한 탓이다. 그로 인해 서영아는 다시 한 번 피를 토해야 했다.

'살아야 한다!'

서영아의 머리에는 오직 하나의 생각밖에 없었다. 살아서 기필코 장권호를 다시 봐야 했다. 그게 지금 서영아의 할 일이었고, 머릿속에 깊이 박힌 약속이었다.

"일원공을 대성하면 나를 찾아."

팟!

서영아의 신형이 땅을 박차며 앞으로 내달렸다.

"독한 년이로고."

파팟!

좌노가 중얼거리며 서영아의 뒤를 따라 달렸고, 우노가 그 뒤를 따랐다. 추소려가 그 뒤를 이어 달려갔다.

"헉! 헉!"

숨이 턱까지 차올라 왔다. 심장은 터질 듯 부풀어 올라 아픈 고통을 전해주었고 발은 금방이라도 멈춰 버릴 것 같았다.

펵!

"악!"

오른 어깨를 뚫고 동전 하나가 바닥에 떨어졌다. 하지만 서영아는 뒤를 돌아보지 않았다. 오직 앞만 보고 달렸다. 눈에 들어오는 것은 아무것도 없었다. 그저 앞으로 달려야 한다는 생각뿐이었다.

"어디서 저런 힘이 난단 말이냐!"

우노가 외치며 다시 한 번 동전을 날렸다.

피잉!

허공을 격하고 날아든 동전은 서영아의 허벅지를 뚫었다.

퍼억!

"아악!"

서영아의 신형이 비틀거렸다. 하지만 그녀는 이빨을 깨물더니 곧 작은 구릉 위에 올라섰다. 그리곤 앞에 보이는 강물을 향해 몸을 날렸다.

풍덩!

서영아가 강물 속으로 모습을 감추자 우노가 강변으로 내려갔다. 좌노는 굳은 표정으로 서영아의 모습을 찾기 위해 눈동자를 굴렸다.

"기필코 잡아서 죽이던가 데려가야 해요. 내게 깊은 원한을 가진 계집이에요. 지금 죽여놔야 제가 편히 잘 수 있어요."

추소려의 말에 좌노가 고개를 끄덕였다.

"걱정하지 말아라, 그렇게 될 테니."

"푸학!"

서영아의 머리가 십여 장의 거리에서 솟구치자 좌노의 신형이 구릉을 차고 허공을 날았다.

쉬아악!

좌노가 마치 허공을 나는 독수리처럼 날아가며 서영아의 머리를 향해 우장을 뻗었다.

서영아는 머리 위에서 느껴지는 강한 기운에 고개를 돌리다 날아드는 좌노를 보았다. 순간 그녀는 강물 속으로 들어갔다.

쾅!

강물이 솟구치고 그 사이로 떨어지던 좌노는 소매에서 동전 하나를 강물 위로 던졌다. 곧 강물 속으로 떨어진 동전을 밟은 후 다시 십여 장을 날아간 그는 반대편의 땅 위에 내려섰다. 그는 신형을 돌리더니 건너편의 추소려를 향해 동전을 연속해서 날렸다.

휘리릭!

동전이 날아오자 추소려는 재빠르게 허공을 날아 동전을 밟으며 강물을 건넜다.

탁!

땅에 내려선 그녀는 연신 고개를 돌려 서영아를 찾았다.

"이게 죽었나?"

추소려는 차가운 표정으로 중얼거렸다.

쾅! 쾅! 쾅!

허공에 떠오른 우노가 마구잡이로 강물 속으로 동전을 던지고 있었다.

"이리 오게!"

쉭쉭!

좌노가 강물로 떨어지는 우노의 발밑으로 두 개의 동전을 던져 주자 우노는 재빠르게 신형을 돌려 동전을 밟고 좌노의 옆으로 내려섰다.

"보았나?"

날카로운 시선으로 주변 강물을 둘러보던 좌노가 묻자 우노가 고개를 끄덕였다.

"바닥을 기어가는 모양이야."

좌노의 물음에 우노가 낮은 목소리로 대답했다.

"큰 부상을 입었으니 물의 흐름을 거슬러 올라가지는 못할 거네. 천천히 밑으로 이동하세."

좌노의 의견에 우노가 고개를 끄덕였다.

"지독한 것······."

추소려가 입술을 깨물다 좌노의 뒤를 따라 천천히 움직였다.

잠시 후 강물 위를 떠다니다 한쪽에 모여든 썩은 나무 사이로 코와 입만 내밀고 숨을 한 모금 들이쉰 서영아가 다시 물속으로 들어갔다.

물밑 바닥으로 내려간 그녀는 바닥에 박혀 움직이지 못하는 바위 옆에 거머리라도 된 것처럼 붙었다. 그렇게 일 다경의 시간을 보낸 그녀는 다시 수면 위로 올라와 썩은 나무 사이로 코와 입만 내밀어 호흡했다. 그리곤 곧 다시 물속으로 들어갔다.

'어두워질 때까지만 참자······ 어두워질 때까지만······.'

산을 끼고 도는 강은 마치 호수처럼 고요한 흐름을 간직하고 있었다. 산과 산 사이를 돌아 천천히 흘러가는 강물은 그렇게 조용히 수십여 개의 산을 감싸고 돌았다.

"여깁니다!"

멀리서 외치는 수하의 목소리에 추소려를 비롯한 좌노와 우노가 번개처럼 움직였다.

"여기."

수하는 수면 위에 떠 있는 백귀의 가면을 손에 쥐고 있었다. 추소려가 재빨리 뺏어 들며 주변을 둘러보았다. 물은 짙은 푸른색이었고, 솟구친 깊은 경사의 산들만이 눈에 들어오는 지형이었다.

"이 근방을 샅샅이 뒤진다."

그녀의 말에 수하들이 우렁찬 대답과 함께 사방으로 흩어졌다.

추소려는 곧 백귀의 가면을 손에 쥔 채 우노와 좌노에게 물었다.

"여긴 도대체 어디인가요? 산속에 이런 강물이 있다니…… 호수라고 봐야 하나요?"

"용정호(龍井湖)라고 불리는 곳이다. 저기 저 멀리 솟구친 기둥 같은 게 보이지? 저기 저 돌산 말이다."

"예."

"저 모습이 승천하는 용 같지 않니?"

좌노의 설명에 추소려는 고개를 끄덕였다. 오십여 장의 거리에 솟구친 꽤 큰 돌기둥이 마치 용이 승천하는 모양 같았기 때문이다. 그 주변은 온통 물이었다.

"옛날에 수십 마리의 이무기가 여기서 싸우다 단 한 마리만 남아 용이 되어 승천했다고 한다."

"그래요?"

"이 근방 주민들은 지금도 용이 물속에 산다고 믿고 있다."

"재미있는 사람들이군요."

추소려는 낮게 중얼거리며 주변을 둘러보다 아미를 찌푸렸다. 해가 지고 있었기 때문이다.

"일단 위로 올라가지요. 여기서 밥을 먹을 수는 없으니까요."

"그러자."

좌노와 우노가 고개를 끄덕이며 추소려와 함께 산으로 올랐다.

호수처럼 고요한 수면에 파장이 일더니 곧 사람이 튀어나왔다.

"우엑! 우에엑!"

연신 피와 물을 토하던 그녀는 차가운 바닥에 몸을 맡기고 잠이 들었다. 시간은 흘러 밤이 지나고 낮이 되었는데 서영아가 누운 곳은 여전히 어두웠다.

"크으윽!"

신음과 함께 눈을 뜬 서영아는 어제의 일을 떠올리곤 상체를 일으켰다.

"큭!"

오른 어깨의 극심한 통증에 절로 눈살을 찌푸린 그녀는 곧 주변을 둘러보았다.

찰랑! 찰랑!

발밑에서 물이 차갑게 피부를 자극하고 있었다. 주변은 어둡고 천장은 꽤 높아 보였다. 빛이 보이는 곳으로 고개를 돌린 그녀는 그제야 자신이 찾아 들어온 곳이 동굴이란 것을 상기했다.

전날 서영아는 극심한 고통과 싸워가며 정신을 놓지 않기 위해 필사적으로 버텼었다. 그리고 어둠이 내리자 서서히 움직였다. 마침내 몸을 숨길 마땅한 곳을 발견하고 혹시나 하는 생각에 들어왔다.

외부에서 볼 때 동굴의 입구는 강물에 가려 위쪽만 겨우 보일 정도였다. 배를 타고 가까이 이동해야 이곳이 동굴인가라는 의심을 할 정도로 입구는 눈에 띄지 않았다. 수면에 가려진 천연의 동굴이었고, 안은 꽤 넓은 방원형이었다.

안을 둘러보던 그녀는 곧 마른 돌바닥에 앉았다. 온몸이 부서질 것 같은 고통과 함께 서러움이 밀려왔다. 왜 이렇게 살아야 하는지, 왜 이렇게 아픔을 겪으면서 살아야 하는지 의구심이 들었다.

그런 와중에 장권호의 목소리가 다시 한 번 그녀의 귓가를 맴돌았다.

"새로운 네 모습을 찾았을 때 나를 찾아오면 된다."

"흑! 흑!"
그녀는 자신도 모르게 바닥에 엎드려 흐느끼더니 곧 큰 소리로 울기 시작했다. 그녀의 흐느끼는 소리가 동굴 안으로 메아리치듯 울려 나갔다.

서영아의 행적을 수색한 지도 오 일이 지나고 있었다. 시신이라도 찾아야 했기에 추소려는 수색을 멈추지 않았다. 추소려는 근방에 산재한 십여 개의 마을에도 수정궁의 무사들을 풀어놓았다.
마을 한쪽에 마련한 집에 앉아 있던 추소려는 좌노와 우노의 바둑 두는 모습을 구경하고 있었다.
"소궁주님!"
그때 급한 외침과 함께 이십 대 초반의 젊은 청년이 빠르게 달려들어 왔다. 그는 추소려의 앞에 멈춰 서곤 부복했다.
"소궁주님! 급하게 날아온 전서입니다."
슥!
그가 전서를 내밀자 추소려는 전서의 색이 붉다는 것에 인상을 굳혔다. 붉은 전서는 아주 큰일이 아닌 이상 결코 쓰지 않는 색이었기 때문이다.

"큰일이라도 난 것이냐?"

좌노가 바둑판에서 눈을 떼고 고개를 돌려 물었다. 전서의 내용을 보던 추소려는 잠시 멍한 표정으로 하늘을 보았다. 곧 그녀는 고개를 돌려 좌노와 우노에게 말했다.

"귀문으로 가야겠어요."

"당장? 어이해 그러느냐?"

우노의 물음에 추소려가 다시 말했다.

"아버님이…… 돌아가셨다네요."

"헉!"

"이런……."

좌노와 우노가 안색을 바꾸며 일어섰다.

"궁주님도 벌써 귀문으로 향하는 중이랍니다. 그곳에서 만나자고 하셨습니다."

수하의 보고에 추소려는 입술을 깨물다 눈을 감으며 말했다.

"철수한다."

"예!"

수하는 대답 후 빠르게 밖으로 나갔다. 곧 추소려는 두 호위에게 짐을 싸라고 시켰다. 그녀의 표정은 상당히 경직되어 있었다. 좌노와 우노는 그런 추소려의 모습에 깊은 한숨을 내쉬며 천천히 밖으로 나갔다. 이럴 때는 홀로 남겨두는 것이 위로가 되기 때문이다.

*　　　*　　　*

귀문주의 죽음은 강호를 술렁거리게 만들었다. 동시에 장권호의 이름이 사람들의 입에 오르내렸다.

어디를 가더라도 장권호의 이름이 거론됐고, 귀문주를 비무로 이긴 장권호의 명성은 삽시간에 강호 전역에 퍼져 나갔다.

처음 사람들은 귀문주가 장권호라는 무명인(無名人)과 싸우다 죽었다는 말을 믿지 않았다.

귀문주가 무명인에게 죽었다는 말을 누가 믿겠는가?

허나 귀문주의 죽음이 알려지고, 귀문에서 장권호에 대한 척살령을 내렸다는 것에서 사람들은 그제야 믿게 되었다.

거기다 소문은 입에서 입으로 흘러가면서 부풀려지기도 했다.

한 가지 확실한 건 장권호라는 이름이 강호에 울려 퍼지고 있다는 점이었다.

하남성의 정주에 들어온 장권호는 담담한 표정으로 거리를 걸었다. 곧 눈에 띄는 주루를 발견하고 안으로 들어간 장권호는 간단한 소면과 만두를 시킨 후 음식이 나오기를 기다렸다.

"그 장권호라는 무인이 귀문주를 죽인 게 확실하다더군. 섬서성에서는 지금 난리야, 난리. 며칠 전 섬서에 장사하러 다녀온 친구가 알려주더군."

"그 소문 이미 우리도 다 아네, 이 친구야."

바로 옆에서 사내 셋이 말하는 소리를 들은 장권호는 씁쓸히 고개를 저었다.

'누구지?'

장권호는 자신이 움직이는 것보다 소문이 빠르다는 것에 조금 이상한 기분이 들었다. 무엇보다 어색한 것은 지금까지 자신의 이름을 타인의 입으로 수도 없이 들었다는 점이었다.

이곳 정주까지 오는 내내 자신의 이름을 마치 친구나 가족인 양 열변을 토하며 떠드는 사람들의 목소리를 들어야 했다. 그것은 생각 이상으로 고역이었다.

무엇보다 귀문의 무사 수백 명을 단 일 초에 죽였다는 소리에 먹던 음식까지 토할 뻔했다.

'누군가 일부러 소문을 낸 것 같은데……'

장권호는 누가 일부러 소문 내지 않는 이상 이렇게 빨리 퍼질 리 없다고 생각했다. 곧 음식을 든 점소이가 다가왔다.

"나왔습니다."

김이 피어나는 소면과 만두에 장권호는 젓가락을 움직이다 그릇 밑에 종이 조각 하나를 발견하고 지나간 점소이를 찾았다. 그런데 그 점소이는 이미 다른 곳으로 갔는지 보이지 않았다.

장권호는 접힌 종이를 펼쳐 읽었다.

오늘 밤 자정 신기루에서 만나요.

추월(秋月)

마지막 추월이란 글이 장권호의 눈에 띄었다. 그제야 소문이 이렇게 빨리 퍼진 이유를 알 것 같았다.

후루룩!

면을 씹으며 장권호는 자신을 바라보던 초롱초롱한 눈빛의 꼬마 아가씨를 떠올렸다.

제8장

바람을 만들었다

막 단삼공을 완벽하게 터득했을 때였다. 스승님은 크게 기뻐했으며 사형제들도 좋아했다. 내가 남들은 평생 익혀도 못 익힐 무공을 십 년 만에 완성했기 때문이다. 그때는 그 말에 그저 기분 좋았고 즐거웠다. 사형제들과 스승님이 기뻐하면 그것만큼 좋은 게 없었다. 그런데 다음 날 스승님은 철심공을 익히라 하셨다.

철심공은 정말 익히기 힘들었다. 포기하고 싶었다.

철심공을 익힐 때 가장 많이 방황했던 것 같다. 이유는 하나였다. 견디기 힘들 만큼 몸이 아팠기 때문이다.

귀문은 고요함을 간직하고 있었다. 마치 폭풍전야를 보는 듯했다. 귀문주의 장사가 끝난 지 이틀이 지났지만 귀문은 여전히 과거의 활기찬 모습을 되찾지 못했다.

"아악!"

피가 튀었고, 머리가 잘린 여인은 더 이상 비명을 지르지 못했다.

죽은 여인의 머리카락을 손에 쥔 삼십 대의 여인은 비릿한 미소를 입가에 걸고 있었다. 그 옆에는 추소려가 서 있었고 뒤에 이문성과 장구조가 있었다. 또한 여불홍도 함께하였다.

"보기 싫은 년을 죽이니 속이 시원하군."

그녀는 머리를 들어 얼굴을 한 번 본 후 옆에 서 있는 여불홍에게 머리를 건네주었다.

"알아서 처리해."

"예, 궁주님."

여불홍이 대답한 후 머리를 손에 쥐었다. 좀 전까지는 이곳 귀문주의 첩으로서 당당하게 살던 여자였다. 하지만 지금은 수정궁의 궁주이자 죽은 귀문주의 아내인 제선선의 손에 의해 죽은 상태였다.

"또 한 명 있을 텐데?"

"안쪽에 갇혀 있지 않나요?"

"그 소령인가 뭔가 하는 애도 있었지? 죽은 아비를 빼닮은 애 말이야."

제선선의 말에 추소려가 고개를 끄덕였다.

"몇 번 본 적 없어서…… 거기다 갇혀 있는 첩년은 그 어미죠."

"가서 죽여."

제선선이 차갑게 말하자 뒤에 서 있던 이문성이 대답했다.

"이미 처리했습니다, 궁주님."

이문성의 대답에 제선선은 고개를 돌려 이문성을 바라보다 곧 미소를 보이며 말했다.

"꽤나 마음에 드는 놈이로군. 이문성이라 했지?"

"예, 궁주님."

"기억하지."

"감사합니다."

이문성은 고개를 숙였다. 그런 그의 눈빛은 맹렬하게 반짝이고 있었다. 수정궁주에게 잘 보여야만 지금의 귀문을 접수할 수 있기 때문이다. 실제 과거에도 죽은 추야장은 수정궁주와 혼인해 귀문주의 자리에 올랐다. 그만큼 수정궁의 힘은 강했고, 수정궁주의 무공은 대단했다.

감히 제선선에게는 덤빌 엄두도 못 내는 그였다. 그런 마음은 다른 사람들도 마찬가지일 것이다.

"그 소령이라는 계집은 어찌했지?"

"방에 가뒀습니다."

이문성이 다시 대답하자 제선선은 미소를 보이며 눈을 반짝였다.

"그래도 얼굴은 봐야지, 내 남편의 자식인데. 아! 첩년의 머리도 들고 와."

"예?"

이문성이 눈을 크게 뜨자 제선선이 다시 말했다.

"그 소령이라는 계집의 어미 말이다. 어미의 머리를 가져오라고."

"알겠습니다."

이문성이 대답한 후 빠르게 움직였다. 그 모습을 본 제선선의 눈빛에 살기가 맴돌았다.

*　　　*　　　*

추소령은 어두운 표정을 풀지 못하고 있었다. 그녀는 밖으로 나가지도 못했다. 문밖에 서 있는 십여 명의 무사들 때문이다. 그들은 추소령의 외출을 막고 있었다. 화도 났지만 지금은 사소한 일로 화를 낼 정도로 정신이 온전하지 못하였다.

"한상운입니다, 아가씨."

문밖에서 들려온 목소리에 추소령은 고개를 들었다.

"들어와요."

한상운은 곧 내실로 들어왔다. 창가에 앉아 있는 추소령의 안쓰러운 표정에 한상운은 절로 기분이 우울해지는 것을 느

껐다. 그리고 목구멍으로 침이 넘어갔다.

"기운 좀 차리십시오. 이러다가 쓰러지실까 봐 두렵습니다."

"제 걱정도 다 해주시고…… 의외군요."

한상운은 그 말에 씁쓸히 고개를 저으며 깊은 한숨을 내쉬었다.

"왜 걱정이 안 되겠습니까…… 아가씨는 본 문에 있어서 가장 중요한 분이신데……. 과도하게 보호한다고 생각하실지 모르지만 지금은 어쩔 수가 없으니 이해하십시오."

한상운의 말에 추소령은 고개조차 돌리지 않은 채 입을 닫았다. 한상운은 손을 뻗어 찻주전자를 들었다. 그 순간 소매 속에서 황색 연기가 추소령의 안면으로 솟구쳐 나갔다.

"흡!"

추소령이 황색 연기를 들이마신 후 눈을 부릅뜨며 입과 코를 막았고, 동시에 자리를 박차고 일어나 뒤에 놓인 검을 들었다. 한상운은 눈웃음을 그리며 자리에서 일어나 말했다.

"최음제인데, 참기 힘들 것입니다. 후후후."

"……!"

추소령의 눈이 부릅떠졌다. 순간 전신을 타고 오르는 뜨거운 열기에 자신도 모르게 비틀거렸다. 그 모습을 놓칠 리 없는 한상운이었다. 그는 번개처럼 추소령의 곁으로 다가가 마혈을 제압함과 동시에 아혈을 눌렀다.

"훗!"

한상운은 욕정 가득한 눈빛으로 추소령을 안아들고는 침실로 향했다.

"지금이 아니면 언제 네년을 안아볼까? 후후후, 이건 기회이지. 그러니 너무 걱정하지 말라고, 부드럽게 대해줄 테니까."

추소령의 눈동자가 흔들렸으며 얼굴이 달아오른 것처럼 붉게 변하였다. 최음제 때문에 몸이 절로 반응을 보이자 추소령 본인도 당황했다.

털썩!

넓은 침상에 추소령을 눕힌 한상운은 상의를 벗어 던진 후 추소령의 입술을 훔쳤다.

"흡! 흡!"

추소령은 반항도 못한 채 죽일 듯한 시선으로 한상운을 노려볼 뿐이었다. 한상운의 손이 가슴으로 향하자 추소령의 전신이 크게 흔들리기 시작했다.

"이날을 손꼽아 기다렸다, 추소령…… 후후후."

욕망이 가득한 표정으로 추소령의 요대를 잡아 푼 한상운은 곧 상의를 벗기기 위해 손을 움직였다.

퍽!

"……!"

그 순간, 한상운은 배를 뚫고 나온 검날에 전신을 떨었다. 곧 그는 부릅뜬 눈으로 고개를 돌리다 눈앞에 무언가 유령 같은 흐릿한 기운이 움직이는 것 같다는 생각을 하였다.

퍽!

제선선은 한상운의 머리를 자른 후 피가 솟구치는 육체를 잡아 창밖으로 던졌다. 그녀의 표정은 차가웠다. 그녀는 싸늘한 눈빛으로 추소령을 내려다보았다.

"밝히는 년이로군."

"호호호호!"

제선선의 말에 재미있다는 듯 옆에 서 있던 추소려가 웃었다. 제선선은 곧 손을 움직여 추소령의 마혈과 아혈을 풀어주었다. 그러자 재빠르게 옷깃을 여민 추소령이 자리에서 일어섰다. 허나 그녀의 몸속 뜨거운 기운은 여전히 줄어들지 않고 있었다.

그 모습을 본 제선선은 그녀의 몸 상태가 어떤지 바로 파악했다.

"최음제에 중독된 모양이구나?"

"예……."

추소령의 대답에 제선선은 비웃듯이 한쪽 입술을 올리더니 곧 시선을 돌려 뒤에 서 있는 장구조를 향해 말했다.

"장구조."

"예."

"네가 풀어주거라."

"……!"

장구조가 그 말에 눈을 부릅떴다. 그러자 추소령이 놀란 표정으로 제선선의 소매를 잡았다.

"어머니! 그럴 수는 없어요!"

"누가 네 어미냐."

짝!

"악!"

추소령의 신형이 침상 위로 쓰러졌다. 그녀는 온몸을 떨며 자신의 볼을 만지다 제선선을 쳐다보았다.

"나는 내 뱃속에서 나온 아이만 내 아이라고 생각한다."

제선선은 차갑게 말한 후 곧 신형을 돌려 장구조에게 다시 말했다.

"뭐하느냐? 자네에게 약속한 년이다. 어서 들어가 취하거라."

제선선은 충분히 자신의 내력으로 추소령이 중독된 최음제를 몰아낼 수가 있었다. 하지만 그녀는 그렇게 하지 않았다. 그럴 이유도 없었으며, 눈엣가시 같았던 첩의 자식이었기 때문이다.

"예, 알겠습니다."

장구조는 그 말에 상당히 상기된 표정으로 고개를 끄덕이며 침실로 들어갔다. 그러자 제선선은 내실로 나갔고, 추소려는 잠시 누워 있는 추소령의 얼굴을 쳐다보았다.

"언니⋯⋯."

"미친! 누가 네 언니니? 그동안 아버님 때문에 살려둔 것 뿐이었어. 죽이고 싶은 걸 참느라 얼마나 힘들었는데. 호호호!"

추소려는 크게 웃으며 문을 닫았다.

쿵!

문이 닫히는 소리가 추소령의 귓가에 마치 절망의 구렁텅이에 빠지는 듯 들려왔다.

"제발……."

추소령은 떨리는 시선으로 장구조를 바라보았다. 장구조는 그런 추소령을 잠시 바라보더니 거칠게 안았다.

"내가 이 순간을 얼마나 기다렸는데…… 그런데 문주는 너를 다른 놈에게 주려 했지. 내가 얼마나 분노했는지 너는 모를 거야. 나는 귀문도 필요없다. 너만 있으면 돼, 너만. 후후."

장구조는 중얼거리며 추소령의 얼굴을 쳐다보았다. 추소령은 어느새 눈동자의 초점이 흐려졌고, 그저 거친 호흡만 하고 있을 뿐이었다.

장구조의 입가에 미소가 걸렸다. 곧 그는 추소령의 입술을 훔치며 손을 움직여 추소령의 상의를 벗겼다.

"그만."

제선선의 목소리에 장구조가 놀란 표정으로 고개를 돌렸다. 이제 막 시작하려던 참에 멈추라 하자 그의 핏발 선 눈에 분노가 서렸다.

"왜 그러십니까?"

제선선은 싸늘한 표정으로 장구조에게 말했다.

"생각을 해보니 네놈에게 주기에는 너무 아까워."

"예? 그게 무슨 말입니까? 약속이 틀리지 않습니까?"

"시끄러."

장구조가 살기를 드러내며 노려보자 제선선이 차갑게 내뱉으며 장구조의 목을 잡았다. 순간 장구조는 저항 한번 못하고 목이 잡혔다. 제선선은 가볍게 장구조를 들어 올린 후 힘없이 늘어진 그에게 말했다.

"건방진 놈이로군. 왼 눈 하나는 받아가지."

제선선의 손이 번개처럼 장구조의 왼쪽 눈에 박혔다.

팍!

"크악!"

장구조의 입에서 비명이 터져 나왔다.

"다른 약속은 지켜도 이 아이는 못 주겠다. 그러니 조용히 가거라. 아니면 오른 눈도 주고 가겠나?"

제선선의 말에 장구조가 왼쪽 눈을 손으로 붙잡고는 고개를 저었다. 그러자 제선선은 내실로 장구조를 내팽개쳤다.

우당탕!

문이 부서지고 밖으로 튕겨나간 장구조는 재빨리 일어나 달아나듯 방을 빠져나갔다. 더 있다가 마음이 바뀐 제선선의 손에 죽을지도 모른다는 생각이 들었다.

그가 나가자 추소령에게 다가간 제선선은 작은 옥병을 꺼내 회색빛 단환을 하나 내어 주었다.

"먹어라."

"예."

추소령은 그 약이 어떤 약인지 묻지도 않고 먹었다. 그런 그녀의 모습에 제선선이 손을 들어 추소령의 백회혈에 장심을 붙이고는 눈을 감았다.

"잠시만 참거라."

"아악!"

제선선이 백회혈에 힘을 주자 추소령은 외마디 비명과 함께 정신을 잃고 쓰러졌다.

추소령은 정신을 차리고 눈을 떴다. 몸이 한결 가벼워진 것을 느꼈다. 최음제의 기운 또한 모두 사라지고 없었다. 추소령은 제선선의 뛰어난 실력에 내심 감탄과 함께 두려운 마음이 들었다.

"일어났으면 나와."

방 밖에서 들리는 제선선의 목소리에 추소령은 옷매를 가다듬고 밖으로 나갔다. 추소령은 의자에 앉아 있는 추소려와 제선선을 보곤 남은 의자에 앉았다.

"네년을 죽이고 싶구나."

제선선의 싸늘한 살기에 추소령은 불안한 표정으로 고개

를 들었다. 제선선은 그녀의 시선을 무시하며 이문성이 가져
다 준 큰 함을 내밀었다.

"받아라."

"······?"

추소령이 함을 받으며 제선선을 쳐다보았다. 그러자 제선
선이 차갑게 말했다.

"네 어미의 머리다."

"······!"

추소령의 전신이 크게 흔들리기 시작하더니 이내 천천히
함을 열었다. 그리곤 재빨리 닫으며 함을 품에 안고 오열하
기 시작했다.

"웃기는 년이군. 아버님의 모든 사랑을 독차지한 년이······
이제 와서 억울하다고 우는 것이냐?"

추소령은 눈물범벅된 얼굴로 추소려를 노려보았다. 그 눈
빛에 제선선이 손을 움직였다.

짝!

"악!"

"어딜 감히 노려보느냐! 건방진 계집 같으니라고."

추소령은 붉게 달아오른 뺨을 만지며 침상에서 일어나 앉
았다.

땅!

바닥에서 들리는 금속음에 추소령은 시선을 돌렸다. 그녀

는 검 한 자루가 아무렇게나 놓여져 있자 곧 고개를 들어 추소려와 제선선을 쳐다보았다.

"지금 자결하는 게 어쩌면 너한테 더 좋을지도 모른다. 앞으로 네가 어떤 생활을 할지 대충 짐작하면 말이다."

제선선의 말에 추소령의 어깨가 크게 흔들렸다. 그러자 추소려가 말했다.

"힘들지는 않을 거야. 그냥 창녀가 되면 되는 거니까. 남자들하고 노는 것도 의외로 재미있을지 모르지. 호호호!"

추소려의 말에 추소령은 입술을 깨물었다.

주륵!

그녀의 입술 사이로 핏방울이 흘러내렸다. 그 모습에 제선선이 말했다.

"이 검을 들어 지금 우리가 보는 앞에서 목을 찔러라. 내가 네게 줄 수 있는 마지막 기회다."

제선선의 말은 마치 달콤한 사탕처럼 추소령의 정신을 어지럽혔고 지금 자살하는 게 오히려 행복한 일이라고 말해주었다. 하지만 추소령은 정신을 차려야 한다고, 이대로 죽을 수 없다고 생각했다.

"그게 싫다면요?"

추소령의 말에 제선선은 크게 웃었다.

"아하하하! 발칙한 것! 아주 재미있는 년이로구나!"

제선선은 큰 목소리로 호통치듯 말하다 곧 차갑게 눈을 빛냈다.

"그 거지 같은 목숨을 계속 연명하고자 한다면 어쩔 수 없지……."

슥!

제선선은 소매에서 비취색의 작은 옥병을 꺼냈다.

"이걸 마셔라."

추소령이 옥병에 시선을 던지자 추소려가 웃으며 말했다.

"백귀에게 먹인 고독이지. 한 달에 한 번씩 발작을 하는데 해약을 먹어야지만 살 수 있단다. 해약을 못 먹으면 이틀 동안 죽음과도 같은 고통을 느끼다 온몸이 일그러져 죽게 되는 무서운 독이다."

추소려의 설명에 추소령은 자신도 모르게 온몸을 떨었다. 무엇보다 백귀에게 먹였다는 것에서 놀라움을 금치 못하였다.

"하루아침에 모든 것이 바뀌었군요."

추소령의 담담한 목소리에 제선선은 눈을 반짝였다. 보통 사람이라면 이런 일을 겪고 나면 백치처럼 변하기 때문이다.

정신력이 약한 사람들은 혼절하는 경우도 많았다. 그러나 추소령은 자신의 처녀를 빼앗기고 어머니의 머리를 손에 들고 있으면서도 눈빛은 시간이 갈수록 맑아지고 있었다. 제선선의 입가에 미소가 걸렸다.

추소령이 깊은숨을 내쉬더니 곧 손을 뻗으며 말했다.

"주세요. 마실게요."

추소령의 행동에 제선선은 차갑게 말했다.

"확실히…… 추랑을 많이 닮았어. 마셔라."

제선선이 옥병을 건네자 추소령은 깊은 심호흡을 한 번 한 후 곧 눈을 감고 옥병 안에 든 고독을 마셨다. 목 안으로 고독을 넘긴 추소령은 곧 병을 내려놓았다. 그 순간 그녀의 얼굴이 일그러졌다.

"크으윽! 아악!"

추소령은 비명을 지르며 침상 위를 구르다 이내 혼절했다.

*　　*　　*

풀벌레 소리가 울리고 밤하늘의 별들이 창을 통해 들어오고 있었다. 조용히 눈을 뜬 추소령은 방 안을 가득 채운 꽃향기에 일어나려다 문밖에서 들리는 말소리에 숨을 죽였다.

"계획이 앞당겨져서 혼란할 줄 알았는데 잘 마무리한 모양이군."

"이미 본 문의 칠 할 이상이 제 편이었습니다. 더욱이 장권호의 등장으로 더욱 수월하게 일을 진행시킬 수가 있었지요."

"장권호가 추 문주의 측근들을 상대했기에 일이 쉬웠던 것입니다. 그런데 그놈은 어찌 된 게 두 장로만을 죽였지 나머지는 안 죽였더군요. 그냥 기절만 시켰기 때문에 한상운이 마무리를 했습니다."

"그래서 한상운도 죽이기 위해 일부러 내가 오는 시간에 맞추어서 보낸 것인가?"

"죄송합니다. 궁주님을 속일 수는 없군요. 제가 한상운에게 시켰습니다. 물론 최음제도 주었지요."

잠시의 침묵이 흘렀다. 추소령은 목소리의 주인공이 제선선과 장구조, 그리고 이문성이란 것을 알았다.

"궁주님, 그런데 장권호는 어떻게 처리할 생각이십니까?"

"장권호는 추랑을 죽인 원수…… 어떻게 해서라도 죽여야겠지. 허나 추랑을 이길 정도의 무공을 지닌 고수니 신중해야 해. 당분간 지켜보기로 하지. 지금은 귀문의 내실을 다질 때이니 너무 바깥일에 신경 쓰지 말거라."

"알겠습니다."

"그럼 귀문의 문주는 이제 누가 되는 것이지?"

"아직 결정된 것은 없습니다. 밖에 나가 있던 장로들도 모두 모이면 그때 대회의를 통해 결정될 것입니다. 물론…… 궁주님의 영향력이 가장 클 것으로 보입니다."

"그래, 알았네. 나가봐."

"예."

"편히 쉬십시오."

추소령은 곧 눈을 감고 잠을 자는 척 호흡을 고르게 하였다. 발소리와 함께 이문성과 장구조가 나가자 얼마의 시간이 흐른 후 방문이 열렸다.

"일어나, 깨어 있는 것 아니까."

"예……."

추소령은 조용히 대답한 후 일어나 앉았다.

"나와."

제선선이 밖에서 부르자 곧 추소령은 조용한 발걸음으로 제선선의 앞에 앉았다. 제선선은 새로 준비한 찻잔에 차를 따르며 말했다.

"좀 전에 있던 두 놈은 네가 내 방에 있었다는 사실을 몰라."

"……!"

추소령이 그 말에 눈을 크게 떴다. 그러자 제선선이 웃으며 다시 말했다.

"네 어미를 죽인 자는 내가 아니라 장구조와 이문성이다."

"무슨 말씀을 하시는 거예요? 뒤에서 시킨 사람은 당신이잖아요."

추소령의 싸늘한 목소리에 제선선은 한쪽 입술을 올리며 사이한 미소를 입가에 걸었다.

"나는 네 어미를 죽일 생각이 없었다."

"믿을 수가 없군요."

"네가 믿든 안 믿든 그건 네 자유야."

"그럼 왜 저들이 제 어머니를 죽였겠어요?"

추소령의 말에 제선선은 찻잔을 내려놓으며 차갑게 말했다.

"똑똑한 줄 알았더니 아니었나? 저 둘은 내게 잘 보이기 위해서 네 어미를 죽인 것이다."

"……!"

"귀문의 문주가 되고 싶으니 그리한 것이지."

제선선의 말에 추소령은 안색을 바꾸며 어깨를 떨었다. 그러다 이내 눈을 반짝이며 다시 물었다.

"제게 왜 이런 이야기를 하시는 건가요? 저를 죽이고 싶어 할 정도로 싫어하시는 분이?"

추소령의 물음에 제선선은 곧 차를 따라 한 모금 마시더니 찻잔을 내려놓으며 천천히 입술을 움직였다.

"너는 추랑이 정말 장권호란 자에게 죽었다고 생각하느냐?"

"예? 그게 무슨 말인가요?"

"훗!"

제선선은 씁쓸한 미소를 보이더니 다시 말했다.

"나는 귀문이 어떻게 되든 크게 신경 쓰지 않는다. 내겐 내 딸과 수정궁만 있으면 그만이니까. 하지만 추랑도 있어야 했어……. 추랑의 세 번째 첩…… 그 이름도 기억 못 하는 계집을 데려온 사람은 이문성과 장구조다."

"……!"

제선선의 말에 추소령은 눈을 부릅떴다.

"그년을 통해 이 년 전부터 추랑에게 독을 먹였지…… 아

주 미세하게 말이야. 나는 추랑에게 독을 먹인 저놈들을 용
서할 수가 없단다."

"믿지 못하겠어요."

추소령이 고개를 저었다. 자신에게 했던 제선선의 행동 때
문이고, 그녀의 독하고 사갈 같은 심성을 잘 알기 때문이다.

"믿지 않아도 상관없다, 나는 네게 해줄 말만 할 뿐이니까."

추소령은 입을 닫은 채 생각에 잠겼다. 제선선의 목소리가
다시 울렸다.

"장구조는 몇 년 전 내게 달려와 귀문의 문주가 되고 싶다
했지. 너를 취하고 싶다고도 했고. 그리고 얼마 지나지 않아
이문성이 달려와 내게 그러더군. 귀문의 문주가 되게 해달라
고 말이야. 자신을 도와주면 평생 내 몸종이 되겠다고. 귀여
운 것들. 호호."

제선선은 가볍게 웃음을 흘리며 추소령을 똑바로 쳐다보
았다.

"그런데 저들은 이미 둘이 손을 잡고 추랑을 죽이려는 계
획을 세우고 실행하고 있었어. 더욱이 내 뒤통수를 치려는
준비도 진행 중이었고. 후후."

제선선은 눈웃음을 보이다 곧 추소령을 향해 번뜩이는 눈
동자로 말했다.

"내 말 잘 들어라. 저들이 추랑의 시신을 제대로 확인시키
지 않은 채 급하게 화장한 이유를 떠올리고 저들이 한 말을

기억하거라. 그게 네가 해야 할 일이다."

제선선의 말에 추소령은 양손으로 얼굴을 감싸며 고개를 숙였다.

"저는…… 모르겠어요. 누굴 믿어야 할지…… 또 제가 어떻게 해야 할지……. 지금은 너무 혼란스러울 뿐이에요."

"내가 먹인 고독 때문에 나를 믿지 못하겠다는 것이냐?"

제선선의 물음에 추소령은 솔직한 마음으로 고개를 끄덕였다. 그러자 제선선이 눈을 반짝이며 말했다.

"내가 전수하는 무공만 꾸준히 익힌다면 고독은 사라질 것이다."

"네?"

추소령이 저도 모르게 놀란 표정으로 눈을 크게 떴다. 그러자 제선선이 다시 말했다.

"본래 그 독은 본 궁의 무공을 수련하기 위한 하나의 금제이다. 몸이 부서지고 찢기는 고통에서 벗어나려면 끝없이 정진해야겠지. 호호. 나 역시 젊었을 때 겪은 일이고, 이제 네 차례다. 나와 함께 수정궁으로 가겠느냐?"

제선선의 말에 추소령이 전신을 떨었다. 믿을 수 없는 말을 제선선이 했기 때문이다.

제선선은 추소령의 혼란스러워하는 표정을 바라보다 곧 강한 기도를 보이며 입을 열었다.

"나는 네 어미가 아니다. 절대 네 어미가 될 수 없다. 네가 나를 향해 어머니란 말을 할 때 화를 낸 이유는 네 어머니가 되기 싫어서가 아니라 다른 이유에서였다."

"그게…… 무엇인가요?"

추소령이 뜨거운 눈동자로 쳐다보자 제선선이 반짝이는 눈동자로 말했다.

"나는 네 어미가 아닌 스승이다."

"……!"

＊　　　＊　　　＊

신기루를 찾는 일은 생각보다 어렵지 않았다. 지나는 사람들 중에 아무나 붙잡고 묻자 정주에서 유명한 홍루라는 것을 알려주었다.

자정 무렵 신기루의 정문에 도착한 장권호는 안으로 들어가 추월을 찾아왔다고 말했다. 그러자 짙은 화향을 뿌리는 두 명의 기녀가 후원 깊숙한 곳에 위치한 별원으로 안내해주었다.

안에 들어가 앉은 장권호는 호화롭게 차려진 상과 기다렸다는 듯이 일어서는 다섯 명의 기녀의 모습에 저도 모르게 웃었다. 좋아서 웃은 게 아니라 조금 어이가 없었기 때문이었다. 그녀들은 모두 십 대 후반에서 이십 대 초반으로 보였으며, 상당한 미모를 겸비한 기녀들이었다.

그녀들은 장권호가 들어와 앉자 그 주변에 앉아 미소를 던졌다.

"식사부터 하시지요."

좌측에 앉은 십 대 후반의 귀엽게 생긴 기녀가 젓가락을 들어 음식을 빈 접시 위에 올려주었다.

"너는 이름이 무엇이냐?"

"정정입니다."

정정이라 밝힌 십 대 후반의 기녀는 밝은 표정으로 대답한 후 팔에 매달렸다. 그러자 장권호는 반대편에 앉은 기녀에게 시선을 던지며 물었다.

"너는?"

"명아입니다."

이십 대 초반으로 보이는 그녀는 성숙한 느낌이 들었다. 그녀는 술잔에 술을 조심히 따르며 다시 말했다.

"한 잔 드세요."

"그러지."

장권호는 고개를 끄덕이며 술잔을 받아 쥐었다. 그러다 생각난 듯 말했다.

"그런데 누가 너희보고 여기로 오라고 시켰지?"

"극진히 잘 모셔야 한다고 루주님께서 시키셨어요."

"그 루주는 왜 안 오는데?"

"곧 오실 겁니다."

명아의 대답에 장권호는 고개를 끄덕였다.

"그런데 다섯 모두 무공 실력이 좀 있는 모양이야."

"……!"

장권호의 말에 다섯 기녀의 몸이 한순간 경직되었다. 장권호는 그런 그녀들의 반응에 재미있다는 듯 웃음을 보이며 다시 말했다.

"내게 들켰다고 해서 문제될 것은 없으니까 크게 신경 쓸 필요는 없어."

"예……."

장권호는 힘없이 대답하는 그녀들의 모습에 미소를 보이며 술을 마셨다.

시간이 자정을 넘어 자시(子時)를 지나 축시(丑時)에 다다른 종소리가 울릴 때 방문이 열리고 이십 대 중반의 붉은 홍색 궁장의를 입은 미인이 들어왔다. 그녀가 들어오자 반라의 기녀 다섯 명이 일제히 일어섰다.

"그대로 놀아, 신경 쓰지 말고."

그녀는 들어와 말한 후 장권호의 맞은편에 앉았다. 그러자 기녀들이 자리에 앉았으나 조금 어려운 듯 경직된 표정을 보였다. 장권호는 들어온 미인을 눈에 담으며 말했다.

"모두 나가라고 하지?"

장권호의 말에 그녀는 고개를 끄덕였다.

"나가봐."

그녀의 말에 모두 빠르게 옷을 입고 밖으로 나갔다.

"생각보다 잘 노는군요?"

"그렇게 보이나?"

"그래 보여요."

장권호는 그 말에 가볍게 웃음을 흘리며 술병을 들었다.

"한잔하시오, 추 소저."

"제 이름은 도정서라 하지요."

"그리고 추월이기도 하고."

도정서가 그 말에 눈을 반짝이며 술잔을 들었다. 그러자 장권호가 술잔을 술을 따르며 말했다.

"왜 보자고 한 것인가?"

술을 마신 도정서가 술잔을 내려놓으며 대답했다.

"장 소협의 무공에 놀라서 보자고 한 거예요. 설마…… 장 소협 혼자 귀문을 그렇게 몰락시킬 줄은 몰랐거든요."

도정서의 말에 장권호는 미소를 보이며 술잔을 내려놓았다.

"그래서 이렇게 후한 대접을 해주는 것인가?"

"물론이지요. 강호의 고수와 연을 맺어 나쁠 것은 없으니까요."

도정서의 말에 장권호는 고개를 끄덕였다. 그녀의 입장에서는 당연한 말이었기 때문이다. 장권호가 다시 말했다.

"그런데 내가 귀문주와 대결했다는 것을 어찌 알았소?"

"하오문의 사람은 어디에나 있어요. 당연히 귀문에도 있겠지요? 소식은 빠르게 제 귀에 들어왔고, 저는 사람을 시켜 중원에 소문을 퍼트려 장 소협의 위명을 높였지요."

도정서가 자신이 한 일에 대해 자랑이라도 하듯 말했다. 그 모습에 장권호는 예상대로 하오문에서 소문을 퍼트린 것을 알았다.

장권호는 이내 표정을 바꾸더니 다시 물었다.

"그럼 이제 나를 보자고 한 이유를 말하시오."

도정서가 장권호의 눈빛에 옷깃 사이로 곱게 접은 가죽 두루마리를 꺼내 보였다.

"무영루의 총단이 어디인지 그려진 지도예요."

장권호의 눈동자에 신광이 어렸다. 허나 그것은 금세 사라졌고, 도정서는 그것을 놓치지 않았다.

"상당히 고가일 것 같은데?"

"맞아요. 극비에 해당되는 물건이니까요. 천만금을 준다 해도 팔 수 없는 정보지요."

"왜 팔 수 없지?"

"무영루의 귀에 우리가 이 정보를 누군가에게 줬다고 알려진다면 저희는 무영루의 대대적인 표적이 되어 삽시간에 사라질 것이고 살아남은 사람들은 지하로 숨어들어야 해요."

도정서의 말에 장권호는 조금 놀랍다는 표정으로 둥글게 말린 가죽 두루마리를 쳐다보았다.

"천하의 하오문이 꼬리를 말아야 할 정도라…… 대단하군."

장권호는 미미하게 고개를 끄덕였다.

"그런 정보를 나에게 주는 이유는 무엇이오?"

"비싼 정보예요. 그냥 준다는 말은 안 했어요."

도정서의 말에 장권호는 당연하다는 듯 그녀를 바라보았다.

"말해보시오. 내게 원하는 것이 무엇이오?"

장권호의 진중한 표정에 도정서는 혀를 내밀어 살짝 입술을 적셨다. 곧 그녀는 반짝이는 눈빛으로 말했다.

"그곳에 가면 금옥(禁獄)이 있어요."

"금옥?"

"네, 금옥이오. 그 안에 갇힌 사람을 구해주시면 돼요. 그럼 이 지도를 넘겨 드리지요."

장권호는 그 말에 살짝 눈살을 찌푸렸다.

"누가 갇혀 있는 것이오?"

"그건 말해줄 수 없어요. 금옥에서 꺼내주시기만 하면 돼요. 그럼 나머진 우리가 알아서 할 테니까요."

"그렇다면 지금 받을 필요가 없을 것 같소."

"……!"

도정서가 장권호의 말에 놀란 표정을 보였다. 장권호가 원하던 무영루의 정보였다. 그런데 거절한 것이다.

"이유가 뭔가요?"

"지금 무영루에 갈 계획이 없기 때문이오. 만약 가게 된다면 좀 더 시간이 흐른 뒤일 것이오. 거기다 누군지도 모를 사람을 구하기 위해 쓸데없이 움직일 힘도 없고 말이오. 나중에 필요하게 된다면 도 소저를 찾겠소."

"다음은 없어요."

기분이 상한 도정서가 잘라 말하자 장권호는 미소를 보이며 말했다.

"그 일은 나중으로 미루고 내 사형과 장백파의 멸문에 연관된 무적명에 대해서 알고 싶소."

도정서가 그 말에 아미를 찌푸리며 대답했다.

"그 일은 본인 스스로 알아보세요. 저희는 관여할 생각이 없으니까요."

"알겠소. 그렇게 하리다."

장권호는 자리에서 일어났다. 더 이상 볼일이 없었기 때문이다. 그러자 도정서가 자리에서 일어나 말했다.

"벌써 가실 건가요?"

장권호가 그 말에 고개를 돌리자 도정서가 눈을 반짝이며 말했다.

"아직 밤이 많이 남았어요. 제가 특별히 준비한 자리예요. 그러니 쉬다 가세요."

"그것도 다음으로 미루지. 풍운회로 갈 것이니 내게 연락하고 싶으면 그곳으로 오시오."

"그럼 개봉에서 봐야겠군요."

"그렇소."

장권호의 대답에 도정서가 미소를 보이며 말했다.

"그날 부르면 밤새 놀다가 아침에 잠을 자고 저녁에 제 품에서 나가야 할 거예요."

"좋은 정보를 준다면 그렇게 하겠소."

장권호의 말에 도정서가 고개를 끄덕였다. 그녀는 곧 장권호보다 먼저 밖에 나가 섰다.

"제가 안내할게요."

"고맙구려. 그런데…… 다음에 만날 때는 소녀로 오시오. 그리고 내 눈앞에서 지금의 모습으로 변해주었으면 좋겠소."

"왜요?"

"축골공을 본 적이 없어서 한 번 보고 싶소."

"봐서요. 홋!"

도정서가 웃음을 흘리며 걸음을 옮겼다.

*　　　*　　　*

"그 소식 들으셨어요?"

방 안에 모여 앉은 세 명의 여자 중 조선약이 물었다. 그녀의 물음에 앉아 있던 가내하와 종미미가 호기심 어린 눈으로 쳐다보았다.

"무슨 소문인데? 재미있는 소문이라도 있는 모양이야?"

"어떤 건데?"

가내하와 종미미가 동시에 묻자 조선약은 팔짱을 끼며 새침한 표정으로 눈을 돌렸다.

"그게 종 언니와 내하가 아주 좋아할 소문이라서…… 맨입으로 말하기에는……."

그녀는 귀밑머리를 돌돌 말며 입술을 내밀었다. 그러자 답답하다는 듯 종미미가 면사를 벗으며 말했다.

"사람 속 터지게 왜 그래? 빨리 말해줘. 궁금하잖아."

이제는 오랜 시간 동안 대화를 나누고 어울리다 보니 평어를 쓰는 사이가 된 세 여자였다. 물론 조선약은 언니인 종미미에게 존대하였다.

가내하도 답답한 듯 조선약을 쳐다보았다. 그러자 조선약이 생각난 듯 말했다.

"내일 풍운회의 후기지수들이 모두 모이는데 그 자리에 같이 가면 말해줄게요. 젊은 남자들이 많이 오거든요."

"음……."

"그건……."

가내하와 종미미가 곤란한 듯 살짝 얼굴을 붉혔다. 풍운회에 들어온 시간은 오래되었으나 사적인 모임에 나간 적은 없었다.

그녀들이 주저하자 조선약은 재빨리 말했다.

"내하와 언니가 그토록 기다리던 장권호라는 사람의 소문 인데……."

"……!"

"정말?"

그녀들이 놀라 자리에서 일어서자 조선약은 고개를 끄덕였다. 종미미는 자리에 앉으며 말했다.

"좋아, 내일 나갈게. 그러니 말해줘. 무슨 소문인데?"

"내하는?"

조선약의 물음에 가내하도 고개를 끄덕이자 만족한 표정으로 조선약이 말했다.

"정말 대단한 소문이에요. 장권호라는 무명의 청년이 귀문을 쑥대밭으로 만들고 귀문주와 싸워 귀문주를 죽이고 유유히 사라졌다고 해요. 지금 그 소문 때문에 전 강호가 시끄러워요. 갑자기 혜성처럼 나타난 고수 때문에 후기지수들 사이에서도 지금 장권호란 사람이 화제예요."

"왔군……."

종미미가 가만히 허공을 응시하며 중얼거렸다. 정말 장권호가 중원에 나왔다는 것을 실감했기 때문이다. 가내하도 고개를 끄덕였다.

"대단해……."

가내하는 설마 장권호의 무공이 귀문주를 죽일 만큼 대단하리라곤 생각지도 못했다. 그런데 장권호는 귀문주를 죽이고 유유히 사라졌다고 한다. 놀랄 수밖에 없었고, 정말 자신과 어릴 때 함께 놀던 그 장권호인지 의심이 들었다.

"내하와 종 언니도 좀 사람들하고도 어울리고 그러세요. 매일 이곳에 앉아만 있으니 강호의 소식에 어둡잖아요."

"그런 것 같다…… 풍운회에서도 우리가 원하는 정보 외에는 알려줄 생각을 안 하니……."

아쉽다는 표정으로 가내하가 중얼거렸다. 그러자 조선약이 말했다.

"사람들과 만나고 친해지면 더 많은 정보를 얻을 수 있을 거예요. 거기다 저도 흥미가 생기네요, 그 장권호라는 사람한테."

"네가?"

가내하가 쳐다보자 조선약이 고개를 끄덕였다.

"지금 화제의 중심인 인물인데 호기심이 없다면 거짓말이겠지? 나중에 소개시켜 줘야 해, 알았지?"

"풍운회에 온다면 그렇게 할게."

가내하가 어쩔 수 없다는 듯 고개를 끄덕였다. 조선약은 신난다는 표정으로 가내하의 팔에 매달렸다.

"역시 친구밖에 없다니까."

조선약의 행동에 가내하는 미소를 보이며 그녀의 어깨를 다독였다. 조선약은 친해질수록 애교가 많은 여자라는 것을 그녀들은 잘 알고 있었다.

종미미는 그런 가내하와 조선약을 바라보다 고개를 숙이며 장권호의 모습을 떠올렸다. 그러자 자신도 모르게 심장이 크게 뛰었다.

풍운회의 정문은 새벽부터 열려 있었다. 오가는 사람들이 가장 많을 때였고 장사하는 상인들도 가장 많이 지나는 시간이었기 때문이다. 특히나 식재료를 운반하는 마차들로 아침나절엔 항상 붐볐다.

많은 마차들과 사람들이 오간 후 풍운회의 정문이 서서히 닫혔다. 거대한 정문이 닫히자 그 앞으로 열 명의 풍운회 소속 무사가 검을 차고 경비를 섰다.

그들은 삼엄한 표정으로 다가오는 사람들을 일일이 수색하고 문을 열어주었다. 물론 대다수의 사람들은 되돌아갔다. 풍운회가 워낙 유명하다 보니 하루에도 수십 명씩 풍운회에 가입하기 위해 사람들이 찾아왔다. 하지만 대다수는 그냥 집으로 돌아가야 했다. 풍운회는 쉽게 들어갈 수 있는 곳이 아니었다.

저벅! 저벅!

장권호는 천천히 풍운회의 거대한 정문으로 다가갔다. 그가 다가오자 경비를 서던 무사들이 문 앞을 막았다. 그리고 조장으로 보이는 인물이 장권호의 곁으로 다가왔다.

"풍운회에 어떤 일로 오셨습니까?"

"자 총관을 만나려고 하오."

장권호가 말하자 경비 삼조의 조장 왕종무의 표정이 굳어
졌다. 자 총관 정도 되는 인물을 만나러 오는 사람이라면 이
미 위에서 전달 사항이 내려왔어야 한다. 하지만 오늘은 전
달 사항이 없었다.

"실례지만 존성대명(尊姓大名)이 어찌 되시오?"

왕종무는 조금 불편한 표정이었지만 예의를 다해 물었다.

"장권호라 하오."

"장권호? 헉!"

"헉!"

"장권호다!"

왕종무의 눈이 커지며 절로 입이 벌어졌다. 경비를 서던
무사들도 일제히 놀라 눈을 크게 뜨고 장권호의 모습을 바라
보았다.

"저, 정말 장권호…… 장 대협이시오? 그, 그 뭐냐…… 귀
문의 문주와 한판 붙었다던?"

"그렇소."

장권호의 대답에 왕종무는 다시 한 번 놀란 표정으로 장권
호의 아래위를 살피더니 이내 다시 물었다.

"사칭은 아니시오? 워낙 유명한 이름이다 보니……."

조심스럽게 다시 한 번 묻자 장권호는 미소를 보이며 대답
했다.

"믿지 못하겠다면 자 총관을 부르시오."

장권호의 대답에 왕종무는 빠르게 말했다.

"잠시만 여기서 기다리십시오."

타다닥!

왕종무가 살짝 열린 문 안으로 빛의 속도로 들어가 사라졌
다. 그가 사라지고 얼마 지나지 않아 많은 발자국 소리와 함
께 자청운이 모습을 보였다.

"이게 누군가? 장 소협이 아니시오? 잘 왔소이다."

자청운이 환하게 웃으며 장권호를 반겼고, 거대한 정문이
활짝 열렸다. 그리고 꽤 많은 사람들이 장권호를 바라보다
곧 길을 비켜주었다. 그들은 장권호의 모습을 바라보며 상당
히 격양된 표정이었다.

"저 사람이 장권호구나."

"장권호가 왔다!"

『무적명』 4권에서 계속

마인정전

김현영 신무협 장편소설

ORIENTAL FANTASY STORY & ADVENTURE

강호의 은원은 그 끝이 없는 법!
마인이라 명명될 능운백의 무림 원정이 펼쳐진다!

김현영 신무협 장편소설
『마인정전』

"사람은 소중한 것을 지키기 위해선 싸울 줄 알아야 한다.
네가 소중하다고 여기는 것이라면 뭘 어떻게 해서든
수단과 방법을 가리지 않고 맞서야 하는 거야."

dream
books
드림북스

Blade Hunter

블레이드 헌터

김정률 판타지 장편소설

FANTASYSTORY & ADVENTURE

『소드 엠페러』, 『다크 메이지』,
『트루베니아 연대기』의 작가
김정률 판타지 장편소설

혼돈의 시대를 가로지르는 빛의 검이 되어라
『블레이드 헌터』

세계의 균형을 위협하는 빛나는 검의 출현!
마스터의 유지를 받들어 그 비밀을 밝힌다!

dream
books
드림북스

ROYAL DOOM

파천의 군주

태제 판타지 장편소설

FANTASYSTORY & ADVENTURE

문피아 선호작 1위! 골든베스트 1위! 『리버스 담덕』 『역천의 황제』의 작가

태제 판타지 장편소설

『파천의 군주』

제국을 향한 야심, 9번의 환생, 뒤틀린 운명.
새롭게 태어난 군주 카빌론의 대륙정벌이 시작된다.
라이나프 신이 되고픈 자들에게 내리는 신들의 저주!
9개의 삶이 끝나는 순간 제국을 집어삼킬 군주가 태어난다.

dream books
드림북스